SOUVENIRS POÉTIQUES

DU

BOURBONNAIS,

PAR

HIPPOLYTE DE LAFOREST.

M. P.

MOULINS,

MARTIAL PLACE, EDITEUR,

Rue des Grenouilles, 9.

A PARIS,

CHEZ DUMOULIN, LIBRAIRE, QUAI DES AUGUSTINS.

1846.

1847

AVANT-PROPOS.

Je suis ce voyageur qui, profitant du temps,

Aux intérêts de tous consacre ses instants.

C'est moi qui, les bras nus, descendant dans l'arène,

Rompis des usuriers la trame souterraine,

Qui, de ces loups-cerviers à l'instinct ravageur,

Mis les corps palpitants sous les pieds du *Vengeur* *,

(*) Les personnes qui désireraient cet ouvrage, formant une brochure in-8°, pourront se le procurer chez M. PLACE, libraire, au prix de 1 fr.

Et qui bravai vainqueur les embûches sans nombre,

Que ne cessèrent pas de me dresser dans l'ombre

Les agents soudoyés de ces êtres haineux

Que la main du *Vengeur* traîna par les cheveux.

Aussi, depuis le jour que j'ai quitté l'Helvie,

De mon chemin tracé jamais je ne dévie ;

Du bout de mon bâton, en prudent pélerin,

Où je pose le pied je sonde le terrain.

Je n'ai pas dans mon cœur le veau d'or pour idole ;

Toujours au malheureux je réserve une *Obole* * ;

Je fais dans chaque lieu plus ou moins long séjour,

Selon que ses attraits m'attachent chaque jour.

De la grande cité, la géante du monde,

Qui dort en ce moment dans une paix profonde,

De la ville où l'on voit, sur son beau piédestal,

Jeanne d'Arc à l'Anglais portant le coup fatal,

Des rivages nantais, des bords du Finistère,

(*) L'*Obole du Voyageur aux victimes de l'incendie de Pluvi-gner se trouve aussi chez M. Plaon.* Prix : 10 cent.

Des côtes d'où l'on voit poindre au loin l'Angleterre,
Au sein de ma famille enfin je revenais,
Quand j'arrêtai mes pas aux champs du Bourbonnais.
Dans les murs de Moulins ma muse officieuse
Suspend depuis six mois sa course voyageuse,
Et là, depuis six mois, je cultive des fleurs
Dans des champs nuancés de diverses couleurs.
Mais mes yeux affaiblis par le froid des voyages,
Par les veilles et par..... je ne sais quels nuages,
Semblent, pour ranimer leur organe engourdi,
Réclamer la chaleur de mon ciel du Midi.
Je veux bien cependant ne pas partir encore ;
Ma muse, dans ces lieux, est prête à faire éclore
Une œuvre dont le charme attache son pinceau,
Et dont le Bourbonnais doit être le berceau.
Puissent ces *Souvenirs* aux couleurs les plus vives,
Comme un rameau de plus s'élever sur ses rives !

LE NOUVEL AN.

LE NOUVEL AN.

AUX ÉLÈVES DE LA VILLE DE MOULINS.

I.

At fugit intereâ fugit irreparabile Tempus.
— VIRGILE. —

Dans les champs de la vie où le Temps se promène
Comme un maître puissant dans un vaste domaine,
Chacun doit à son rang poursuivre son chemin
En ardent moissonneur, la faucille à la main.

Tel, fuyant le travail, va se coucher sur l'herbe

Et dormir à l'écart loin de faire sa gerbe,

Qui, voyant au réveil la moisson s'achever,

Fait en vain des efforts pour pouvoir arriver.

Il appelle le Temps, le priant de l'attendre,

Mais le Temps toujours marche et ne veut pas l'entendre.

Alors le moissonneur, honteux, désespéré,

Voit les autres jouir du labeur opéré.

O vous, qui moissonnez au champ de la science,

Dans le domaine ouvert à votre intelligence,

Déployez donc vos bras, montrez-vous courageux,

Gardez-vous de tomber dans ce sentier fangeux

Où, rampant sous le poids de l'ennui qui l'oppresse,

Reptile sans vigueur, se traîne la paresse !

Sans jamais dévier, suivez le droit chemin

Que le devoir sacré vous trace de sa main,

Et, palpitants d'ardeur, travaillez dans l'attente

Des fruits qu'en souriant l'avenir vous présente.

Le Temps, que rien n'arrête en son rapide élan,

Aux bornes du passé créant un nouvel an

Et posant sur sa route une autre milliaire,

Ecrit avec sa faux le nombre sur la pierre,

Et vous dit en passant : « Ne vous endormez pas ;

Debout et l'œil ouvert comptez toujours mes pas ;

Mes dons sont précieux ; ami, je vous invite

A me saisir au vol, car je passe bien vite. »

Ainsi parle le Temps ; vous l'avez entendu,

Que son discours pour vous ne soit jamais perdu.

Avancez donc, ami, sans rester en arrière ;

Voyez la récompense au bout de la carrière.

La fatigue n'est rien ; toujours on est surpris,

Quand le travail est fait, d'y trouver tant de prix.

Celui qui, s'exposant aux fureurs de Neptune,

Sur les flots orageux va chercher la fortune,

Ne compte pas la peine en présence de l'or.

Et ne cherchez-vous pas vous aussi ce trésor,

Dont la main des voleurs ni l'affreuse tempête

Ne peuvent de vos mains arracher la conquête ?

Ce trésor précieux par lequel aujourd'hui

Le philosophe encor porte tout avec lui?

Grandissez à vos yeux, que vos travaux classiques
Soient pour vous des combats et des jeux olympiques!
Pour exciter vos cœurs à ces nobles travaux,
Je pourrais vous tracer d'énergiques tableaux,
D'intrépides acteurs, de merveilleuses scènes,
Où toujours le succès fit oublier les peines.
Portez au loin vos yeux; voyez-vous ces guerriers
Qui dans les champs de Mars moissonnent des lauriers,
Ces guerriers valeureux qui, sous Lamoricière,
Bravent le fer, le feu, la brûlante poussière,
Et, lassant Jugurtha, par de nombreux succès,
Dans les champs africains prouvent qu'ils sont Français.
Partout voyez la gloire et partout la fatigue,
Et partout le progrès; ce siècle en est prodigue.

Admirez ces chemins où, prompt comme l'éclair,
Le rapide wagon glisse, vole et fend l'air,
Ses artères de fer qui tranchent les campagnes

Et qui, bras de géants, vont couper les montagnes ;
Entendez la vapeur hurlant aux hauts-fourneaux
Comme un souffle échappé des gouffres infernaux ;
Entendez retentir ce Vésuve en furie,
Antre cyclopéen du dieu de l'industrie.
Sortez de là ; suivez, captive dans ses fers
Cette même vapeur, applanissant les mers,
Devenue aujourd'hui, dans sa marche féconde,
Les fibres du progrès et le levier du monde.

De ces tableaux géants détournez vos regards
Pour les porter encor sur les produits des arts :
Contemplez un instant ces toiles animées
Par le feu du génie aux ailes enflammées,
Tous ces types du goût, chefs-d'œuvre précieux
Qu'admire Raphaël, penché du haut des cieux.

Des chefs-d'œuvre pompeux qu'étale la peinture
Passez aux vastes champs de la littérature :
Là, le temple du Goût garde sur ses autels,

Sous son dôme embelli de lauriers immortels,

Les œuvres de l'auteur dont la noble pensée

Conçut le cœur d'Eudore et de Cymodocée ;

De celui qui, prenant son essor vers les cieux ,

Sur son luth médita des sons harmonieux ;

Du poëte dont l'ame aux fibres citoyennes

Fit revivre Thyrtée en ses Messéniennes ;

De l'autre qui, bien vieux, en dormant son souci,

A suspendu sa lyre aux saules de Passy ;

Du grand réformateur, père du nouvel âge,

Qui, recréant le goût, l'a fait à son image,

Et des autres enfin dont l'élan glorieux

A dépassé le vol de l'aigle impérieux.

Dans ces champs sont encor les douces harmonies,

Les écrits toujours purs de ces nombreux génies

Qui se sont contentés du modeste laurier

Que nourrit dans son sein la sève du foyer.

Dans l'élan progressif de cette ère moderne,

Il n'est pas de cité dont la main ne décerne

La couronne civique ou la palme des arts
A quelque illustre enfant grandi sous ses regards.

Un de ceux qu'aux mortels toujours le ciel envie,
Moissonné dans sa tige, au printemps de la vie,
Enfant du Bourbonnais, plein d'un bel avenir,
ALLIER laisse en ces lieux son pieux souvenir.
Ses esquisses sont là, prenez-les pour modèles ;
Puissiez-vous suivre un jour la trace de ses ailes !
Il avait dans son cœur tous les types du beau.
Il est mort !... Répandez des fleurs sur son tombeau.

Comme une autre Cécile à la lyre chrétienne,
Plus sublime en ses sons que la muse païenne,
Sur la harpe des cieux modulant ses accords,
Une fille pieuse a chanté sur ces bords ;
Puis elle a visité les profondeurs secrètes
De ces tristes réduits, ténébreuses retraites,
Dont la justice humaine a bâti la cloison,
Et c'est là qu'elle a vu les *Femmes en prison*.

Les voyant se traîner dans cette fange impure,
Dévorer leur pain noir, plaintives, sous la bure,
Elle a, de son pinceau qu'ont humecté ses pleurs,
Dans un tableau touchant exprimé leurs malheurs.
C'est l'ange descendant au fond de ces abîmes
Où le démon du vice a plongé ses victimes,
Qui voudrait, relevant leur courage abattu,
Leur faire soupirer encore la vertu.
Elle se garde bien d'aggraver l'anathème ;
Près du crime parfois l'innocence elle-même,
En mangeant son pain noir, peut porter ses écrous,
Et martyre gémir sous le poids des verrous.
Rien n'a pu la souiller au fond de cette mare ;
Ainsi quand l'Homme-Dieu ressuscita Lazare,
La poudre du tombeau ne fut pas jusqu'à lui.
Sa palme elle la tient ; et ses vertus ont lui.
On bénira son nom, il vivra dans les âges,
Et son sexe pieux lui devra ses hommages.

Que ne puis-je agrandir le cadre de mes vers

Et vous offrir encor quelques portraits divers.

L'exemple, mes amis, excite, élève l'ame,

Et des beaux sentiments il entretient la flamme ;

Toujours naît au contact des esprits excellents

Et l'amour des vertus et l'amour des talents.

Qu'on en pourrait compter dont les veilles actives

Ont depuis quelque temps fait l'honneur de vos rives !

Vous avez dans vos murs de dignes citoyens

Qui, s'unissant entre eux par des sacrés liens,

Vont, dans un Athénée, éclos sous leurs auspices,

Ouvrir, amis des arts, des tribunes propices.

Honneur leur soit rendu ! d'un cœur affectueux

Le poëte en passant vient leur offrir ses vœux.

Il est bon qu'aujourd'hui la province rivale

Ait sa gloire en son sein et qu'elle s'en prévale ;

Qu'elle marche à l'éclat de ses propres flambeaux,

Qu'elle ait ses Massillons, qu'elle ait ses Mirabeaus,

Ses favoris des arts, ses nourrissons des muses ;

Les talents ont coulé dans toutes les écluses.

Grâce à l'instruction dont les flots fécondants

Ont fait jaillir partout leurs trésors abondants!

Grâce à ceux dont les mains, répandant la semence,

Cultivent le terrain où, de ce fleuve immense,

A son poste chacun, dirigeant les canaux,

Se fait apprécier par d'utiles travaux!

Là, comme ailleurs, les fruits ne sont pas sans épines;

On peut y rencontrer des rocs et des ravines;

Mais si de tout obstacle enfin on est vainqueur,

La récompense est douce, elle est au fond du cœur.

Ces tableaux des talents, des arts, de l'industrie,

Que présente à vos yeux notre belle patrie,

Ces monuments altiers, ces œuvres des Titans,

Sont les fruits de la peine et des bienfaits du Temps.

Amis, profitez donc de ce Temps qui vous presse,

En semant sur vos pas les fleurs de la jeunesse,

Profitez de ce Temps, car vous devez un jour

Dans ces divers sentiers entrer à votre tour.

Quand les ans sur les vieux ont répandu la glace,

La patrie a besoin des jeunes à leur place.

Il faut des écrivains, des artistes nouveaux,

Qui de leurs devanciers égalent les travaux ;

Il faut de preux guerriers dont le bouillant courage

Reprenne des aînés le glorieux ouvrage ;

Il faut de vrais marins dont le bras et le nom

Fassent pâlir d'effroi les enfants d'Albion ;

Il faut des orateurs, de nouveaux Démosthènes,

Qui frappent en tonnant comme celui d'Athènes.

Profitez donc du Temps avant qu'il vienne ouvrir

La carrière brillante où vous devez courir ;

Avant que l'avenir vous offre sa couronne,

Gagnez celle d'abord que l'étude vous donne,

Et, puisant votre force et votre noble élan

Dans l'espoir de la palme offerte au bout de l'an,

Attendez les baisers qu'aux fêtes solennelles,

Poseront sur vos fronts les lèvres maternelles.

Hippolyte de LAFOREST.

LE

CHEMIN DE FER.

LE CHEMIN DE FER.

AUX HABITANTS DE NEVERS ET DE MOULINS.

II.

..... *Quid non mortalia pectora cogis*
Auri sacra fames !...........................
— VIRGILE. —

Dans ces jours de prodige où l'homme audacieux
A volé la vapeur dans l'arsenal des cieux,
Et de sa main l'a mise, enchaînée et brûlante,
Dans la locomotive à la gueule hurlante,

Les cieux, pour se venger du vol qu'on leur à fait,

Ont voulu que ce vol, au lieu d'être un bienfait,

Devenant tout-à-coup un fléau sur la terre,

Fût pour elle un sujet de discorde et de guerre.

Encore deux cités qui vont sur leur terrain

Se disputer le monstre et sa loge d'airain

Et son ruban de fer où, dévorant l'espace,

Il se lance à l'égal de la foudre qui passe.

D'un côté c'est Moulins et de l'autre Nevers.

Sur leur grand différend tous les yeux sont ouverts ;

Les deux partis, suivant l'ardeur qui les entraîne,

Au nom de l'intérêt descendent dans l'arène ;

Déjà de toutes parts, sous les drapeaux flottants ,

Accourent à l'envi de nombreux combattants.

Citoyens, arrêtez ! au nom de la justice,

Je viens vous demander un moment d'armistice.

Étranger dans ces lieux, je me présente à vous,

N'ayant d'autre intérêt que l'intérêt de tous ;

Suspendez vos débats, écoutez en silence ;

Sous les yeux des deux camps j'établis ma balance.

La France, accomplissant un immense dessein,
Veut qu'un ruban de fer la traverse en son sein.
En partant du Guétin par où faut-il qu'il passe ?
Vers Nevers et l'Abron trouvera-t-il sa trace ?
Ou bien, de l'Allier traversant le vallon,
Viendra-t-il à Moulins sans passer par l'Abron ?
Je veux, par des raisons de très haute importance,
En juge impartial, motiver ma sentence.

Voyons quel est Nevers : sans cesse grandissant ,
Il donne à son commerce un essor florissant ;
De ses bords de la Loire aux rivages de Nantes
Il serre dans ses mains des moissons abondantes ;
De la féconde Auvergne exploitant les produits,
En maître glorieux il en cueille les fruits;
Aux richesses du Rhin comme à celle du Rhône
Il emprunte l'éclat dont brille sa couronne.

Voyons quel est Moulins : dans son commerce il dort
Et n'attend pour marcher qu'un bienfaisant ressort :

Artisan isolé, vivant de ses ressources,
Il ne va pas puiser dans les lointaines sources ;
Il n'a que son beau sol et sa fécondité
Et de ses habitants l'antique loyauté.

Si, partant du Guétin, par un détour oblique,
S'allonge vers l'Abron le ruban métallique,
Avide de butin, comme un boa forban,
Du commerce voisin attirant tout l'élan,
Trop plein de son orgueil, gonflé de sa puissance,
Nevers va se gorger d'une vaine abondance,
Envelopper Moulins dans un repli fatal,
L'étreindre et lui ravir jusqu'au souffle vital.
Si l'artère de fer, sur la féconde rive,
A Moulins, sans détour, directement arrive,
Embrassant son rival, partageant ses trésors,
Moulins trop oublié revivra sur ses bords ;
Nevers de son côté, par un nœud salutaire,
Profitant des bienfaits de cette même artère,
Va doubler par ce nœud sa grandeur d'aujourd'hui

Et s'enrichir encor sans avoir tout pour lui.

Ainsi ces grands débats qui troublent les deux villes
Et qui ressemblent presque aux discordes civiles,
Auront des résultats heureux ou malheureux
Selon que la raison dominera sur eux.
Si Nevers est vaincu dans l'échec il prospère,
Moulins meurt si pour lui la fortune est contraire.

Il ne faut pas qu'ici le calcul au cœur froid,
Sous un compas vénal martyrise le droit,
Que la basse faveur aux ongles de vampire,
Contre toute justice exerce son empire.
Nous savons qu'aujourd'hui par des détours secrets
On immole l'honneur aux plus vils intérêts.
Oui, si Plutus voulait, par de grands sacrifices,
En dépit du bon sens, contenter ses caprices,
Pour lui plaire on ferait de superbes chemins,
Loin des lieux fortunés qu'habitent les humains ;
On irait en construire aux plus ingrats rivages,

Sur les rochers déserts et les côtes sauvages ;
On en ferait passer même sur l'Achéron,
Sur des bords désolés comme ceux de l'Abron.

Il ne faut pas qu'ici le démon politique,
Pèse les intérêts dans sa balance inique,
Se prononce en faveur de qui lui plaît le plus
Et jette sur le poids le glaive de Brennus.
On a fait de nos jours de l'urne électorale
Un instrument de fée, une boite fatale ;
Tout en sort : monuments, ponts suspendus dans l'air,
Forges, canaux, bassins, routes, chemins de fer.
On répand pour les uns ces dons en abondance,
Pour les autres on laisse à peine l'espérance.
Les jongleurs haut placés, saltimbanques adroits,
Savent habilement escamoter les droits.
Mais jamais député, d'une voix emphatique,
La baguette à la main, dans son pouvoir magique,
Ne pourra de l'Abron changer l'aspérité,
Et transformer ce sol en un sol enchanté ;

S'il pouvait faire là le tracé convenable,

Le moins dispendieux et le plus équitable :

« Pour prix, lui dirait-on, de prodiges si beaux,

» Va de tes commettants recevoir les bravos. »

Faut-il que dans ces jours où les arts, l'industrie,

Ornent de leur éclat le sol de la patrie,

Où le progrès, planant sur les siècles rivaux,

Même de Sésostris efface les travaux,

Faut-il que l'égoïsme, escorté de harpies,

Sur tout projet nouveau porte ses mains impies,

Empoisonne les mets servis au grand festin,

Gâte tout, souille tout, par arrêt du destin,

Et prie à deux genoux le dieu du monopole

De faire pour lui seul couler l'eau du Pactole!

Et ne dirait-on pas que nos champs sont ouverts

A des peuples venus de cent climats divers ?

Que chez nous aujourd'hui des hordes de Vandales

Exercent leurs fureurs et leurs noires cabales,

Poursuivent sans repos leurs desseins ténébreux,

Et, demandant de l'or, n'en veulent que pour eux ?

Si l'ennemi, dit-on, franchissant les frontières,

Sur la patrie en deuil arborant ses bannières,

Venait renouveler les désastres affreux

Que ne put arrêter la valeur de nos preux,

Là le chemin de fer, desservant ce rivage,

Offrirait pour combattre un plus gand avantage ;

Il serait plus propice au rives que voilà ;

Il irait mieux ici, serait mieux placé là ;

Il pourrait d'un côté servir la défensive,

De l'autre fortement appuyer l'offensive.

Ah ! ne nous perdons pas dans ces raisonnements

Et n'allons pas si loin chercher nos arguments !

Ni les chemins de fer ni les fortes murailles

Ne nous sauveraient pas des grandes funérailles.

Savez-vous, citoyens, dans ce funeste jour

(Si le malheur voulait qu'on en vît le retour),

Ce qui peut vous sauver ?... c'est le patriotisme,

L'union parmi vous et non pas l'égoïsme.

Oui, nous triompherons de l'ennemi commun

Tant qu'on rendra chez nous ce qu'on doit à chacun,
Tant que les citoyens, unis comme des frères,
Partageront entre eux la manne aux jours prospères ;
Mais si les uns, creusant aux autres des tombeaux,
De leurs frères plaintifs arrachent les lambeaux,
Attendons-nous encore à revoir ces journées
Que préparent pour nous de tristes destinées.

Vous êtes cependant les enfants des héros,
Qui, de la liberté déployant les drapeaux,
Sous les feux foudroyants de l'Europe guerrière,
Entrèrent les pieds nus dans la noble carrière.
Entendez-les crier à Jemmape à Valmy :
« Les Français ne font qu'un pour vaincre l'ennemi ! »
C'est qu'alors l'égoïsme était pour les esclaves
Et ne pouvait entrer dans le cœur de ces braves ;
C'est qu'alors à chacun on accordait son droit
Et l'on n'était jamais dupe du plus adroit.

Citoyens de Nevers, imitez donc vos pères,

Et respectez la part qui revient à vos frères ;
N'entassez pas tout l'or aux bords de l'Achéron ;
Périsse l'égoïsme aux marais de l'Abron !

HIPPOLYTE DE LAFOREST.

LE TOMBEAU

DE MONTMORENCI

A MOULINS.

LE TOMBEAU

DE MONTMORENCI

A MOULINS.

III.

Sunt lacrymæ rerum et mentem mortalia tangunt.
— VIRGILE. —

Touristes, voyageurs, entrons dans cette enceinte,
Et dirigeons nos pas vers la chapelle sainte.
Pénétrés de respect, arrêtons : c'est ici
La couche funéraire où gît Montmorenci ;

C'est aussi là que dort, sous ce marbre inhumée,
Une épouse fidèle, hélas ! et trop aimée.
Déplorables jouets des caprices du sort,
Séparés dans la vie ils sont joints dans la mort !

Il est beau, mais bien froid, le marbre qui les couvre.
Que de sa main l'histoire un instant les découvre,
Et, levant à nos yeux le funèbre linceul,
Elle aille les chercher dans le fond du cercueil ;
Que dans ce caveau sombre où sa voix va descendre,
En dépit de la mort elle agite leur cendre.

Parais, vole au combat, ô guerrier valeureux !
Sois l'émule et l'égal des plus illustres preux.
Vrai sang du connétable, héritier de sa gloire,
Parais, vole au combat, enchaîne la victoire !
Précédé de ton nom, va, le glaive à la main,
Dans les rangs ennemis te frayer un chemin ;
Sur les impériaux et la fière Ibérie
Appesantis ton bras et venge la patrie.

Sous ton drapeau vainqueur ramenant tes guerriers,
Des plaines de Veillane emporte les lauriers.
Lorsque tu sortiras de la sanglante arène,
Sauve le Cardinal des fureurs de la reine ;
Brave, pour le sauver, même la mort, s'il faut ;
Quel prix te garde-t-il ?..... Sa haine et l'échafaud.

Mais parlons bas, qui sait ! dans ces asiles sombres
Il peut courir par fois de malfaisantes ombres.
Amis, n'avez-vous rien entendu dans ce lieu ?......
Je crois entendre, moi, la voix de Richelieu.
Il vient, le Cardinal, frémissant de colère,
Comme au jour où bravant la clameur populaire,
Maître du peuple entier, maître du souverain,
Il défiait l'orage avec un front d'airain.

Toulouse était en deuil, plaintive, suppliante ;
Les citoyens criaient d'une voix déchirante :
« Que l'on fasse éclater tout l'orage sur nous ;
» Nous attendons *ici* la tempête à genoux ;

» Qu'on enlève nos biens, qu'on égorge nos femmes,

» Qu'on nous fasse périr par le fer et les flammes ;

» Mais grâce pour lui seul ! grâce pour le héros ! »

Répondant à ces cris par la voix des bourreaux,

Le Cardinal disait : Non, jamais, point de grâce !

Cardinal, ce héros, le dernier de sa race,

Va donc périr hélas ! par la main du bourreau ?

Il a tiré, c'est vrai, son glaive du fourreau,

Dans le fatal élan d'une fougue imprudente ;

Mais tout n'est qu'un volcan ; vois la France est brûlante !

Les uns se sont armés au nom de Médicis,

Et les autres sont là pour défendre son fils.

Au plus faible des deux, voué par caractère,

Le héros a suivi le parti de la mère ;

L'intérêt d'une épouse, objet de son amour,

Au sort de Médicis l'attachait sans retour ;

Il s'est trouvé poussé dans cette voie extrême ;

Que peut-on refuser à l'épouse qu'on aime !

Elle-même, aujourd'hui n'a pas assez de pleurs

Pour expier sa faute et pleurer ses malheurs.

Pour sauver son époux elle s'offre à sa place ;

Grâce donc, Cardinal !.. Non, jamais, point de grâce !

Mais ces mains qui naguère, en prêtant leur secours,

Contre tes ennemis ont protégé tes jours,

Par de cruels liens étroitement serrées,

A l'infâme bourreau vont donc être livrées ?

Et ce front du héros, ce front victorieux ,

Encore tout couvert de lauriers glorieux,

Sous la hache va donc tomber sur cette place ?

Grâce, encore une fois !.. Non, jamais, point de grâce !

Debout sur l'échafaud, ferme de son maintien,

Il paraît en héros et se livre en chrétien,

Courageux, imposant, comme, sous la mitraille,

Lorsqu'il bravait la mort sur le champ de bataille.

Il n'est plus !..... On entend de douloureux accents

Des sanglots prolongés et des cris menaçants,

Eux-mêmes, respectant ces sanglots et ces larmes,

Les soldats indignés se courbent sur leurs armes.
Du Capitole au loin ces mots vont retentir :
« Quelque jour les régnants pourront s'en repentir ! »

Sur le terrain brûlant des discordes civiles,
Quand la lave s'étend dans les champs, dans les villes,
Et que les citoyens, par des coups désastreux,
Aveuglément poussés, se déchirent entre eux,
Heureux celui qui peut, au lieu de la vengeance,
En ces jours malheureux, user de la clémence !
C'est qu'alors les vaincus restent avec leur tort,
Et le droit est toujours du côté du plus fort ;
Mais le parti vaincu garde encor ses apôtres ;
Aujourd'hui pour les uns et demain pour les autres.

Enfin rassasiés de son œuvre de sang,
Prendra-t-il, le ministre, un front moins menaçant ?
Nayant rien à donner pour pâture à sa haine,
Laissera-t-il dormir et la hache et la chaîne ?
La veuve du héros, en proie à ses douleurs,

Ne peut plus aujourd'hui que répandre des pleurs

Oui, mais de Médicis la parente et l'amie,

Elle peut devenir dangereuse ennemie.

Il faut donc qu'elle perde encor sa liberté,

Qu'elle traîne le poids de la captivité.

D'ailleurs elle est complice, il lui faut une peine ;

Allons, sans plus tarder, qu'on l'arrête et l'enchaîne.

On vient lui demander, lorsqu'elle est aux abois,

De quel lieu pour prison elle veut faire choix.

Elle choisit Moulins : le peuple de ces rives

A le cœur plus aimant et les mœurs plus naïves ;

Loyal et généreux il saura compâtir

En recevant chez lui la veuve du martyr.

C'est toujours au milieu des ames peu communes

Que trouvent bon accueil les grandes infortunes.

Elle part ; mais encor le pouvoir inhumain

Dans un moment pareil l'accompagne en chemin.

C'est la pauvre colombe, errante, infortunée

Que le vautour cruel poursuit abandonnée.

Elle arrive. Ce n'est qu'au bout de quelques mois

Que de son lourd fardeau l'on allége le poids.

On ouvre sa prison ; mais encore elle traîne

Dans la ville indignée un anneau de sa chaîne ;

Un argus odieux, qui s'attache à ses pas,

Veille toujours sur elle et ne la quitte pas.

Enfin, après sept ans la liberté tardive

De son dernier lien dégage la captive ;

Mais comme elle a trouvé le sol hospitalier,

Elle ne quitte plus les bords de l'Allier.

Belle de ses bienfaits et du peuple chérie,

Elle fait de ces bords sa dernière patrie.

Moulins voyait alors, sous les regards des cieux,

S'élever dans ses murs un asile pieux,

Un de ces purs séjours où les grandeurs humaines

Ont cherché bien souvent du repos à leurs peines,

Où, loin des faux-brillants, des plaisirs mensongers,

Qui fascinent les yeux de tant de passagers,

Sous le voile sacré, dans une paix tranquille,

Habite la vertu comme en un champ d'asile.

La veuve du martyr entra dans ce séjour

Pour y vivre et prier jusqu'à son dernier jour,

Elle y fit éclater sa noble bienfaisance ;

Elle l'orna des dons de sa munificence,

Et bientôt par ses soins elle sut dans son sein

Des filles du Seigneur multiplier l'essaim.

Excitant aux labeurs ses compagnes fidèles,

Elle les soutenait, et travaillait comme elles ;

Comme elles, façonnant des cœurs à la vertu,

Elle illustrait l'habit dont l'ordre était vêtu.

Pour l'asile lui seul, orné de ses richesses,

Elle ne gardait pas ses pieuses largesses ;

Son cœur allait plus loin : tandis que d'une main

De l'instruction sainte elle donnait le pain ,

De l'autre elle versait ses dons à la misère,

Et les pauvres l'aimaient et l'appelaient leur mère.

Elle trouvait ainsi dans l'asile sacré

Un baume salutaire à son cœur ulcéré.

Cependant du martyr, au lointain cimetière,

Les restes mutilés sont étreints sous la pierre,

Ils manquent à son deuil ; hélas ! pour les avoir

Pourra-t-elle fléchir l'inflexible pouvoir ?

On a vu bien souvent de ces haines cruelles

Qui s'attaquent encore aux dépouilles mortelles.

Il faut les demander ; devrait-elle à prix d'or

Acheter en pleurant le cadavre d'Hector.

On ne refuse pas. Dans quel lieu mettra-t-elle

Ce précieux dépôt ? Il faut une chapelle,

Sur des dessins nouveaux, construite artistement,

Sous la voûte sacrée un riche monument,

Souvenir éternel de vertus et de gloire,

Qui de tant de malheurs conserve la mémoire.

Un artiste paraît. Bientôt, sous son ciseau,

Des emblêmes vivants sortent de son cerveau ;

Sous ses doigts créateurs le marbre qui s'anime

Retrace les vertus du héros magnanime :

La *Science guerrière*, une lance à la main,

Des glorieux exploits mesure le chemin ;

L'*Héroïsme vainqueur*, armé de sa massue.

Assis, chaud du combat, en contemple l'issue ;

La *Foi*, portant du Christ le signe glorieux,

A le pied sur la terre et l'ame dans les cieux ;

La *Charité* brûlante, active en son aumône,

Tient son trésor ouvert et sans cesse elle donne.

Ces vertus deux à deux, chacune sur son bord,

Satellites sacrées, garde le lit de mort.

Sur ce lit si touchant, d'un art que rien n'égale

L'artiste a ciselé la couche conjugale :

L'époux dort et paraît se tenir écarté

De l'épouse qui veille et prie à son côté ;

On croirait à le voir que, se détournant d'elle,

Par son geste il lui dit : « A ta voix trop fidèle

» J'ai payé par la mort ton funeste conseil. »

C'est elle qui l'a mis ainsi dans son sommeil ;

Elle a dit à l'artiste : « Avant ma dernière heure

» Où j'irai le rejoindre à la même demeure,

» Le voile sur le front je veux me voir ainsi

» Implorant mon pardon près de Montmorenci. »

Mais elle se trompait... et son époux encore

Dans l'éternel séjour et l'embrasse et l'adore.

D'elle et de ses malheurs, dans le long avenir,
Moulins conservera l'immortel souvenir ;
Ce monument sacré, chef-d'œuvre de sculpture,
Le transmettra toujours à la race future.
Sans cesse on parlera, d'un cœur tendre et pieux,
Des jours qu'elle versa ses bienfaits dans ces lieux ;
Si le peuple d'alors partagea ses alarmes
Le peuple d'aujourd'hui lui garde encor des larmes.

HIPPOLYTE DE LAFOREST.

BERCI.

BERCI.

IV.

Sollicitæ jucunda oblivia vitæ.
— Horace. —

Lorsqu'on a parcouru les champs fleuris d'Isaure,
Les bords délicieux de Pétrarque et de Laure,
Les sites de Lignon et le *mas* (1) riverain,
Asile des amours d'Estelle et Némorin,

(1) Maison de campagne.

La fontaine nîmoise, où Diane, en son temple,
Préside, chaste et pure, aux lieux qu'elle contemple,
Et tous les autres bords que d'un pinceau hardi
A décrit tant de fois la muse du Midi,
On passe indifférent devant bien des parages
Qui jouissent aussi de leurs riants ombrages ;
Mais cependant je veux, dans mon séjour ici,
Saluer de mes chants les ormes de Berci,
Et fouler le gazon de ce long champ d'asile
Qui semble réunir la campagne à la ville.

Berci porte le nom de l'homme révéré
Qui brilla dans Moulins par son zèle éclairé,
Et qui, dans sa justice et sa sollicitude,
Fit du bonheur de tous sa principale étude.
Entourant la cité d'un soin tout paternel
Et voulant lui laisser un bienfait éternel,
Il jeta ses regards sur la rive féconde
Que baigne l'Allier du tribut de son onde ;
Doux lignes qu'il traça non loin du cours de l'eau
Formèrent sur le sol la longueur du tableau,

Et deux autres croisant en tête l'étendue,
Ouvrirent face à face une double avenue.
Là, comme fit Cyrus, dans ses soins vigilants,
Avec ordre lui-même il aligna ses plants,
Et la longue étendue, avec art nivelée,
Offrit bientôt l'aspect d'une riante allée.
Quand l'œuvre fut finie, au comble de ses vœux :
« Voilà, dit-il, le champ où mes derniers neveux
» Viendront se reposer sous l'agréable ombrage,
» Et, prononçant mon nom, béniront mon ouvrage. »

Là, lorsque le zéphir de la douce saison
Souffle, glisse, passant des ormes au gazon,
Et que le gai printemps, ami de la nature,
Sur le chemin fleuri déroule sa ceinture,
Des groupes animés, allant en sens divers,
Cheminent sur les fleurs, foulent les tapis verts,
Passent sous les berceaux des branches enlacées
Dont les feuilles, autour de leurs amentacées,
Décrivent des chatons et des arcs gracieux
Qui semblent dessinés pour réjouir les yeux.

Chacun de cet Éden est le propriétaire ;

Le riche s'y promène avec le prolétaire ;

Chacun y vient jouir du champêtre trésor,

Comme on faisait au temps où régnait l'âge d'or ;

Car Berci voulut là, sous sa main paternelle,

Établir un tableau d'amitié fraternelle.

Il semble dire encor : « Vous qui venez ici,

» Vous êtes tous égaux dans le pré de Berci. »

Là, dans les jours d'été, lorsque le soir arrive,

Amenant avec lui la fraîcheur sur la rive,

Que la nuit à la hâte allume ses flambeaux,

Que l'azur se revêt de ses feux les plus beaux,

Et que du ciel serein la lueur se marie

A l'émail scintillant de la verte prairie,

A cette heure il est doux de goûter à loisir,

Le nectar enivrant du champêtre plaisir ;

Dans ce moment heureux l'ame qui se replie

Et qui vit de tristesse et de mélancolie,

Sent couler dans son sein un suc délicieux,

Qui lui vient à la fois de la terre et des cieux.

A ses enfants Berci léguant cet héritage,
Et voulant leur laisser le bonheur en partage,
Leur dit : « Dans les beaux jours, le soir venez ici
» Faire trève au chagrin dans le pré de Berci. »

Quand l'automne flétrit les champs qu'il décolore,
Parlant à ses enfants Berci leur dit encore :
« Si le vent du malheur en troublant vos beaux jours,
» De vos prospérités vient arrêter le cours,
» Ne vous chagrinez pas ; voyez dans la nature,
» Mes ormes comme vous ont perdu leur parure. »

Sur les pas de l'hiver quand la nature en deuil
N'offre plus dans les champs qu'un immense cercueil,
« S'il faut, leur dit Berci, que vous quittiez l'espace,
» Qu'à d'autres vous cédiez, comme moi, votre place,
» Ne vous lamentez pas ; voyez de toutes parts,
» Mes ormes ne sont plus que cadavres épars ;
» Venez, je vous attends dans d'autres Élysées
» Où se répareront vos forces épuisées. »

Peut-être l'on croira que Berci dans son champ,
Voit venir du même œil le bon et le méchant,
Qu'il met également, dans ses regards propices,
Le vice et la vertu sous les mêmes auspices ;
Qu'on ne s'y trompe pas ; Berci dans sa bonté,
En ouvrant cet asile à la fraternité,
Parmi les promeneurs qui viennent sous l'ombrage,
Sait distinguer le bon du mauvais personnage.

D'un sourire amical, d'un œil affectueux,
Il accueille les pas de l'homme vertueux,
Qui vient sur le gazon méditer en silence
Des projets de vertu, des traits de bienfaisance ;
Du digne citoyen dont le cœur généreux,
Rêve pour son pays des destins plus heureux,
Et promène en ce lieu sa mâle rêverie,
Qu'entretient de son feu l'amour de la patrie ;
Du sage indépendant dont nul pouvoir humain
N'a pu gagner le cœur ni captiver la main ;
Du magistrat fidèle, incorruptible et probe,
Dont l'or ni la faveur n'ont pas souillé la robe ;

Du prêtre vénérable, apôtre-citoyen,

Qui sert Dieu, son pays et fait toujours le bien ;

Du vieux preux que l'honneur de son signe décore

Et qui, sur ce gazon, se sent renaître encore,

Quand, venant y chercher les douceurs du repos,

Il redit ses combats pleurant sur ses drapeaux.

En père bienveillant, Berci, sous son feuillage,

Excite les transports et les jeux du jeune âge ;

Il écoute en secret les entretiens si doux

Des fidèles amis et des tendres époux ;

Il jouit du bonheur de cette mère heureuse

Qu'entoure en l'adorant sa famille nombreuse ;

Mentor de l'innocence il montre le chemin

A la jeune beauté qu'il conduit par la main ;

Il suit de son regard la veuve solitaire,

Et prête à ses ennuis un charme salutaire ;

Son aspect gracieux sait toujours enchanter

Le voyageur qui passe et vient le visiter ;

Et moi qui dans ce jour lui consacre ma lyre,

Il me semble le voir sourire à mon délire.

Il ne voudrait jamais dans le champ qu'il forma,

Sous ses ormes fleuris, au gazon qu'il sema,

Voir cet avare affreux, à la figure sombre,

Qui parle avec son or et le compte dans l'ombre ;

L'autre qui fait main-douce et regard patelin,

En dépouillant la veuve et volant l'orphelin,

Et qui, s'il le pouvait, pour l'idole qu'il aime,

Vendrait, nouveau Judas, encore son Dieu même ;

Le fourbe politique, avide du haut rang

Qui se met à l'enchère et reste au plus offrant ;

Le vil machinateur, préparant dans la boue,

Les tissus criminels de la trame qu'il noue ;

Le zoïle envieux, Pygmée à l'esprit nain,

Qui, sous un masque usé croit cacher son venin.

Oh! qu'il en est encore à qui, dans sa colère,

Sous ces ormes, Berci lance un regard sévère !

Il repousse les pas des groupes tuburlents

Qui, dans le feu du vin, par des cris insolents,

Font rougir la pudeur, timide sous l'ombrage,

Frissonner la prairie et trembler le feuillage ;

Il voit avec mépris la vénale beauté

De l'orgueil du vice et altière déïté,

Qui, du luxe empruntant les faveurs mensongères,

Sous un prisme trompeur, cache tant de misères.

Il voit avec horreur cette femme à l'œil faux

Qui tient de la vipère, en a tous les défauts,

Colporte le mensonge installé dans son âme,

Et, vomissant le fiel, se dit honnête femme.

A ces êtres pervers qui lui sont odieux,

Berci, dans son courroux, dit : « Fuyez de ces lieux

» Ces rives pour les bons furent fertilisées;

» Les méchants n'entrent pas dans les champs Élysées. »

En cheminant ici je me disais un jour :

Comme on pourrait encore embellir ce séjour!

Des marbres, animés par la main d'un Appelle,

Donneraient à l'allée une face plus belle.

Que ne voit-on ici quelques divinités

Qui frappent du passant les regards enchantés,

Comme celles qu'on voit, le long de la Fontaine,

Au jardin fortuné de la ville romaine (1)!

(1) Nismes.

Si de Moulins bientôt un destin mérité

Fait briller le commerce et la prospérité,

Oui, si le Bourbonnais sort vainqueur de la lutte

Où du ruban de fer la palme se dispute,

Où nous sommes entré, portant sur le chemin

Le fouet de Juvénal et le droit à la main,

Dans sa cité Moulins, qui n'est pas égoïste,

Attachera sa gloire au ciseau de l'artiste,

De prodiges nouveaux embellira ses bords,

Et l'ombre de Berci sortant de chez les morts,

Parmi d'autres chefs-d'œuvre, artistement placée,

Au milieu de son champ se verra retracée,

Et sur le piédestal ces mots seront écrits :

« De tes nobles bienfaits reconnaissant le prix,

» Moulins qui te devait ce gazon, cet ombrage

» A voulu t'honorer d'un éternel hommage. »

HIPPOLYTE DE LAFOREST.

Moulins. — Imp. de MARTIAL PLACE, libraire.

UN BAL

DE 1846.

UN BAL DE 1846.

V.

Omnes insaniunt.
— HORACE.

C'était aux derniers jours de ces fêtes grotesques
Qu'enregistre février dans ses fastes burlesques ;
La bruyante folie, agitant ses grelots,
Dans la rue étalait ses bizarres tableaux,

De l'antique Thespis renouvelait les scènes

Et les cris furibonds de ces troupes obscènes,

Qui jadis célébraient, d'un frénétique élan,

Les fêtes de Bacchus, de Cybèle et de Pan.

On s'était réuni dans une de ces salles

Où tout les ans se tient le bal des Lupercales;

On dansait : Terpsichore, au milieu des accords,

Présidait à la danse, en réglait les transports,

Donnait aux chœurs légers ses formes les plus belles,

Ses pas aériens, ses zéphirs et ses ailes;

Enlaçant vivement un à un chaque anneau,

D'une chaîne tantôt elle offrait le tableau,

Et tantôt unissant les sylphes aux sylphides

Tournoyait avec eux dans des cercles rapides.

Des nocturnes cristaux les feux éblouissants,

Imitant du soleil les rayons jaillissants,

Allaient se réfléchir sur toutes les dorures,

Et d'un brillant reflet relevaient les parures.

On eût dit un tableau complaisamment tracé

Par la magique main d'Armide ou de Circé,

Ou bien un des salons dont l'aspect fantastique,
Les décors merveilleux, la suave musique,
Prolongeant sa constance, amusant ses ennuis,
Captivaient le sultan dans les *mille une nuits*.

Nul n'entrait dans ce lieu sans exhiber d'avance
Son nom, ses qualités, son titre de présence.
Tout profane surpris au milieu des élus
En était sur-le-champ sévèrement exclus.
A la porte un dragon, encor plus intrépide
Que celui qui gardait la toison de Colchide,
Le casque sur le front, l'œil au guet, l'arme au bras,
A tout venant suspect disait : On n'entre pas.

Minuit déjà sonnait, lorsque sous le portique
S'avance fièrement un couple drolatique,
Un homme songe-creux dont le bras sert d'appui
A la femme qui hurle en marchant avec lui ;
C'est l'image d'un Faune avec une Ménade,
Au milieu de la nuit faisant leur promenade.

L'homme a les yeux hagards, le front sombre et plissé
Les lèvres de travers, le visage enfoncé ;
L'habit noir qu'il a pris ce jour-là pour la fête,
Est un habit de mise un habit de toilette,
Mais les revers en sont fraîchement déchirés,
Son gilet, son chapeau, sont aussi lacérés ;
On dirait, à le voir, que c'est ce qui lui reste
Ou d'un grand désespoir ou d'un combat funeste.
D'un geste convulsif il agite sa main,
Et parfois, s'arrêtant tout court dans son chemin,
Il dit à haute voix : « *Des cartes ! qu'on propose !* »
Puis il marche... Et faisant ensuite une autre pose :
« On a dit mais à tort que mon astre a pâli ;
» Courage, mes enfants ; *la vole ! paroli !* »
La femme a l'œil hautain, effronté, plein d'audace,
Des feux désordonnés illuminent sa face ;
Ses atours sont fanés, bien qu'ils brillent encor,
Sa robe n'offre plus qu'un lambeau cousu d'or ;
Le bouquet qu'elle a pris ce jour-là pour la fête
Se courbe comme un lis froissé par la tempête.

C'est un ange déchu. D'une traînante voix :

« Chantons, buvons, dit-elle, encore une autre fois ;

» Ce punch est un nectar dont la chaleur divine

» Change en mâle vertu la pudeur féminine. »

Elle saute, fredonne, et, folle de désir,

Au cou de son ami va piper le plaisir.

Composant son maintien, d'une marche assurée,

Le couple promeneur se présente à l'entrée ;

Tous les deux sur le seuil portent le premier pas,

Quand le dragon les toise et dit : —On n'entre pas.

—Pourquoi, demande-t-il, attendant la réplique ?

— Parce qu'on n'entre pas, répond dans sa logique

Le dragon qui déjà commence à se fâcher.

—Tu n'es pas assez fort pour nous en empêcher,

Disent-ils, serais-tu d'une force infernale

Que nous pénétrerions, malgré toi, dans la salle.

Et soudain se glissant, d'un pas précipité,

Ils entrent tous les deux au séjour enchanté.

Le dragon fasciné par on ne sait quel charme,

Immobile, ne peut se servir de son arme ;

Il reste là debout, morne, pétrifié.

Sans doute qu'ils auront avec art employé,

Pour briser la consigne et forcer le passage,

Le même talisman dont Jason fit usage,

Quand de l'autre dragon qui semait la terreur

Il sut par sa magie enchaîner la fureur.

Le charme disparaît ; le courroux le remplace,

Le dragon indigné retrouve son audace,

Et, sans vouloir céder à ce couple infernal,

Pour venger sa défaite il entre dans le bal.

Mais quel nouveau spectacle à ses yeux se présente !

« Dieu ! que vois-je, dit-il d'une voix menaçante ?

» Depuis que ces intrus sont entrés malgré moi,

» Ici tout a changé tout est en désarroi ;

» Je m'en vais... il vaut mieux les laisser ce me semble,

» Car il en est plus d'un ici qui leur ressemble. »

Dit-il vrai le dragon ? Non, dans son jugement

Il se laisse entraîner par l'aigreur du moment ;

Au poste rigoureux que le devoir assigne,

En juge trop sévère il remplit sa consigne ;

Mais dans l'emportement d'un orageux débat,

On peut bien excuser les propos d'un soldat.

Nous devons de ce jour, pallier les mystères

Et ne pas y jeter des regards trop sévères.

Je n'irai pas non plus dans des vers indiscrets,

Archiloque mordant, réveler des secrets,

Ni crayonner de noir la pose libertine,

Ni les gestes lascifs de plus d'une lutine.

Je ne veux pas ici, sous de sombres couleurs,

A l'aimable beauté faire verser des pleurs.

Je veux tout excuser les sauts et les gambades,

Les regards langoureux même les embrassades ;

Mais que l'on sache bien qu'on doit s'apercevoir

De l'instant où l'on sort des bornes du devoir,

Et que, parmi les fleurs que la folie arrose,

Il ne faut pas beaucoup pour flétrir une rose.

Le dragon a frémi devant les tapis verts,

De cartes, de jetons, d'or et d'argent couverts,

Où des groupes nombreux, impatients, se pressent,

Comme un feu dévorant se courbent, se redressent

Et, lançant à la fois un effrayant regard,

Attendent en tremblant les arrêts du hasard.

A ces tristes autels que dessert l'artifice

Se fait à chaque instant un nouveau sacrifice.

Dans son temple, dit-on, le dieu fait des heureux

Dans le même moment qu'il fait des malheureux ;

C'est vrai, mais tôt ou tard, lançant ses anathèmes,

Il frappe en sa fureur ses favoris eux-mêmes.

Intrépide dragon, pénètre dans ce lieu,

Arrache, si tu peux, ses victimes au dieu ;

Hâte-toi, sauve-les, s'il en est temps encore,

Car le gouffre est béant, je crois qu'il les dévore.

« Mon pouvoir, répond-il, n'est pas assez puissant,

» Tout effort de ma part resterait impuissant. »

Le dragon a raison : pour dissiper le charme,

Et renverser l'idole il faut plus que son arme ;

Il faut faire parler le devoir social,

L'intérêt de famille et l'amour filial ;

Il faut que le pouvoir d'une main souveraine

Porte le dernier coup à l'idole inhumaine.

J'applaudis de grand cœur aux décrets immortels

Qui, frappant dans Paris le Jeu sur ses autels,

Contre ce dieu barbare, armèrent des cohortes,

De ces temples hideux vint refermer les portes,

Enchaînèrent l'élan de ses prêtres affreux

Qui, buvant à longs traits le sang des malheureux,

Renouvelaient encor de leurs mains homicides,

Sur leurs autels sanglants, les fureurs des Druides,

Ou plutôt des brigands qui, dans le fond d'un bois,

Egorgeaient le passant en étouffant sa voix.

Mais ce dieu vit encore, il poursuit ses conquêtes,

Et trouble en plus d'un lieu les plaisirs et les fêtes.

Le bal touche à sa fin ; la nuit fait place au jour

Le calme va régner dans ce bruyant séjour ;

La musique se tait ; on sort ; déjà la foule

Inonde le portique et lentement s'écoule,

Et l'on ne voit partout que des fronts pâlissants ;

Ce ne sont plus les ris, les transports ravissants,

Les entretiens si gais, les ébats de la veille ;

Chacun las, abattu, sur ses jambes sommeille ;

La voix pure et sonore, aux accents enjoués,

Ne rend plus maintenant que des sons enroués ;

Il semble, à dire vrai, qu'on sort d'une défaite

Ou d'un enterrement plutôt que d'une fête.

Hélas ! c'est là le sort des plaisirs d'ici-bas ;

Les fleurs que nous foulons recèlent sous nos pas

Un serpent dangereux dont toujours la morsure

Fait au cœur des humains une vive blessure ;

Les frivoles plaisirs qu'on goûte aux jours oiseux

Ne laissent qu'amertume et que vide après eux.

Hâtez-vous, avancez, que tout le monde sorte,

Dit le dragon debout, l'arme au bras, sur la porte,

Cherchant à découvrir si le couple infernal

Ne se trouvera pas dans les derniers du bal.

Il perdait son espoir dans cette longue attente,

Quand, seul et le dernier, le couple se présente.

« Ah ! vous voilà, dit-il, misérables intrus,

» Avec votre air casseur, vos habits incongrus ?

» Pratiques de l'enfer !..... J'en jure sur ma tête,

» Vous aurez à compter, d'abord je vous arrête !... »

L'homme sans s'émouvoir dit : « Calme ton courroux

» Je te le dis encor, tu ne peux rien sur nous,

» Et tout ton régiment serait-il sous les armes

» Qu'il ne pourrait encor résister à nos charmes ;

» Nous pénétrons partout et tels que tu nous vois

» Nous sommes accueillis dans le palais des rois ;

» Nous trouvons aisément place à toutes les tables ;

» Du banquet populaire au festin des notables,

» De la basse taverne à l'hôtel somptueux

» Nous rencontrons partout des cœurs affectueux ;

» Il arrive souvent que pour nous satisfaire

» On laisse de côté toute importante affaire ;

» Les ministres d'état prêts à nous recevoir

» Déposent à nos pieds le fardeau du pouvoir ;

» Palmerston, Metternich et plus d'une fois même

» Cet autre qui de peur est toujours pâle et blême

» Cherchant à dissiper de sinistres ennuis

» Ont passé dans nos bras et des jours et des nuits.

» Il est plus d'un élu, plus d'un grand dignitaire

» Du peuple confiant nullité mandataire

» Qui préfère avec nous venir passer son temps

» Que de le consacrer à ses bons commettants.

» Notre empire est immense, il tient toute la terre ;

» Notre plus doux séjour est surtout l'Angleterre ;

» Ses marins insolents, effrontés fanfarons,

» Brillent des beaux lauriers dont nous les décorons ;

» Ses héros du hasard, ses vieux crânes sans gloire

» S'illustrent dans nos bras en chantant leur victoire ;

» De Pomaré plaintive en ses jours de malheurs,

» Nous avons consolé les sauvages douleurs ;

» Sur le cratère en feu de l'Espagne mutine

»˙Nous comblons de bonheur Isabelle et Christine ;

» Nous allons bien souvent consoler sur son sol

» Le fils d'Abderrhaman, pleurant son parasol ;

» L'Autocrate effrayé sur l'ardente fournaise

» Qu'allume sous ses pieds la valeur polonaise,

» Trouve dans notre sein du calme à ses terreurs

» Plus que dans l'amitié des rois, des empereurs.

» Ainsi tu vois, Dragon, quelle est notre puissance ;

» Presque des premiers temps date notre naissance,

» Et jusqu'au dernier jour autour de nos autels

» Nous verrons se presser la foule des mortels.

» Veux-tu connaître enfin toute notre magie ?

« Je m'appelle le JEU, cette femme est l'ORGIE. »

Le Dragon, très heureux de s'en débarrasser,

Porte la main au front et les laisse passer.

HIPPOLYTE DE LAFOREST.

LE CHATEAU

DE LA PALICE.

LE CHATEAU

DE LA PALICE.

VI.

Ces ruines jetaient dans l'ame quelque
chose de sombre et de mélancolique.
— BERNARDIN DE SAINT-PIERRE. —

Il est là devant nous ce château séculaire,
Mutilé par le peuple en des jours de colère.
C'est un corps de géant debout sur son cercueil,
Reste majestueux de grandeur et deuil.

Silencieusement son ombre se promène
Sur les rives de Besbre et l'antique domaine.
La cité dont il fut l'ornement et l'appui,
D'un œil indifférent le regarde aujourd'hui.
Le soir sur ses créneaux le hibou solitaire,
De la destruction sinistre légataire,
Roule sa voix lugubre, au lieu du ménestrel
Qui chantait gai refrain sous les murs du castel.

Entrons dans ce manoir; que nos pas sur les dalles
Retentissent au fond des tombes féodales.
Oh! si les hauts seigneurs qu'ici nous voudrions voir
Comme dans le vieux temps pouvaient nous recevoir!...
Peut-être, que sait-on, leurs ombres immortelles
Ont entendu nos pas... Courbons-nous devant elles.

Honneur à ce guerrier qui, dans ses jeunes ans,
Fit un beau coup d'essai sous les murs d'Orléans,
Lorsque de Vaucouleurs l'héroïque bergère
Ecrasa sous ses coups la phalange étrangère!
Plus tard, quand la victoire, en son vol incertain,
Présageait à la France un malheureux destin,
Il redoubla d'audace, et des plaines françaises

Repoussant dans Calais les cohortes anglaises,
Il sut, dans le transport d'un courage indompté,
Relever l'étendard que Jeanne avait porté.
Il entend mes accents, et peut-être il se lève...
Il me semble le voir menacer de son glaive
Ce Talbot qui perdit, aux champs de Castillon,
Le nom si glorieux d'Achille d'Albion.

L'autre qui vint après dans la lice guerrière,
Et fournit comme lui sa brillante carrière,
C'est celui dont l'honneur sut si bien se lier
A l'honneur de Bayard et du roi chevalier.
Gloire à ce noble preux dont la force indomptable
Au *combat des géants* fut la plus redoutable,
Quand la lance à la main, à côté de son roi,
Il sema dans les rangs et la mort et l'effroi !
Aux champs du Milanais, quand sa fougue bouillante,
Courait pour ressaisir la victoire sanglante,
Sous les murs de Pavie, où son roi valeureux
Perdit tout *fors l'honneur*, en ce jour malheureux,
Seul, séparé des siens, contre un groupe en furie
Il soutint le dernier l'honneur de la patrie.
A la fin du combat, son regard, son aspect,

Semblaient, même à Bourbon, commander le respect;
Oui, mais ce jour qui vit le triomphe du crime
Dut aussi voir la mort de l'illustre victime.
Il brille dans le rang des plus braves guerriers;
Des plaines d'Italie où croissent ses lauriers
Jusque dans ce manoir où repose sa cendre,
De son haut piédestal rien ne l'a fait descendre.
C'est en vain qu'un cynique, en de honteux couplets,
Enfantés dans la fange où naissent les pamphlets,
A voulu sur son nom verser le ridicule (*);
C'est un coup de pygmée à la gloire d'Hercule.
Que peut contre la gloire un reptile odieux?
Il crève au seuil du temple où sont les demi-dieux.

Son frère par le sang comme par le courage,
En ce lieu Vandenesse a droit à notre hommage,
Vandenesse tombé sous le même étendard
Est mort à la même heure où fut frappé Bayard.

(*) On a publié à la barbe du pays (*Voyage pittoresque du Bourbonnais*) en parlant du seigneur de La Palice, que la Monnoye dans
sa chanson *l'avait tué à coup de ridicule*, comme si cette vile et
plate sottise avait pu atteindre le héros. Le ridicule tue, c'est vrai,
surtout en France; mais encore faut-il que cette arme soit dirigée contre d'autres personnages que le héros de Pavie, et maniée par une autre
main que celle de la Monnoye.

Honorons à son tour ce preux d'une autre race,
Qui, de ses devanciers suivant la noble trace,
Rallia sa valeur au panache d'Henri
Et cueillit des lauriers dans les plaines d'Ivri (*).

Là résident aussi ces ombres dont la gloire
N'a pas écrit le nom au temple de mémoire,
Mais dont le souvenir, par un culte immortel,
Brûle dans quelques cœurs comme sur un autel.

Hommage au châtelain dont l'ame généreuse,
Cueillit de l'équité la palme précieuse !
Toujours de ses vassaux comme un père escorté,
Pour devise il porta : Justice, humanité !

Hommage à la vertu de cette châtelaine
Qui, contente le soir, revenant de la plaine,
Dans son ame portait le prix de son bienfait
Et faisait son bonheur du bien qu'elle avait fait !

Ainsi le vieux manoir, sacré dépositaire,

(*) Un Guiche qui occupa quelque temps le château de La Palice.

Conservant dans son sein la tombe héréditaire,
Inscrivait sur ses murs, respectés par les ans,
Des exploits glorieux et des traits bienfaisants,
Quand tout-à-coup levant son orageuse tête,
Dans la France agitée éclate la tempête ;
Elle va, bondissant dans son cours désastreux,
Exercer, sans pitié, ses ravages affreux.
La terreur suit ses pas... De ses mains frénétiques
Elle va renverser les demeures antiques,
Pénétrer dans le fond des funèbres caveaux
Et disperser au vent les cendres des héros.
Rien ne peut arrêter l'implacable Furie ;
Elle dit qu'elle frappe au nom de la patrie.
Des murs tombent... Soudain, dans l'horreur du fracas,
Immobile, saisie, elle arrête son bras ;
Sans doute elle aura vu, du milieu des décombres,
Paraître des héros les menaçantes ombres ;
Sans doute elle aura vu, dans l'épais tourbillon,
Sortir, le glaive en main, le preux de Castillon,
Et celui de Pavie, habile à tenir tête
Aux coups réitérés de l'affreuse tempête.
Elle gronde, frémit, s'accuse en sa fureur,
Et va porter plus loin la mort et la terreur.

Mais une voix me dit : Laisse-là ces annales,
Garde-toi de toucher aux grandes saturnales ;
Les haines sont debout, le volcan fume encor ;
Il pourrait tôt ou tard reprendre son essor.
Je réponds : Je suis fils de cette nouvelle ère,
J'aime la liberté comme un enfant sa mère,
Non pas la liberté qui de ses bras sanglants,
Comme une autre Médée égorgeait ses enfants,
Mais la liberté noble, équitable, guerrière,
Qui mesurait de l'œil la poudreuse carrière,
Et le glaive à la main, le casque sur le front,
Courait au champ d'honneur et vengeait son affront.

Qu'avez-vous retiré des fureurs des Vandales
Qui brisaient les autels et les tours féodales ?
Voyez autour de vous quels sont les heureux fruits,
Que ces noires fureurs pour la France ont produits ?
Le ciel fait aujourd'hui, sous de brillants auspices,
Lever un beau soleil et des jours bien propices !
Il n'est plus, dites-vous, de seigneurs exigeants ?
En effet on ne voit que maîtres indulgents.
Aujourd'hui, laboureurs, à titre de sensives,
Vous n'allez plus payer redevances chétives,

La gerbe, le lapin, le tendre pigeonneau ;
Mais sous les douces lois du régime nouveau,
Aux usuriers, seigneurs de ce nouveau régime,
Vous payez un tribut plus doux, plus légitime.
Et ne vaut-il pas mieux, par un ordre pressant,
Payer à ces seigneurs le cinquante pour cent,
Que d'aller présenter la plus belle des gerbes
Aux seigneurs d'autrefois, emplumés et superbes ?
On s'empare il est vrai de vos corps, de vos biens ;
Mais vous n'êtes plus serfs, vous êtes citoyens.

Et vous tous qui vivez dans les classes ouvrières,
Qui frappez nuit et jour dans le fond des carrières,
Dans les noirs souterrains où de rudes travaux
Vous ont fait surnommer les chalybes nouveaux ;
Vous dont le corps, au fond des ateliers humides,
Pompe le trait mortel des vapeurs homicides,
Pour qui travaillez-vous ? Pour les nouveaux seigneurs,
Sur qui Plutus répand son or et ses honneurs.
Il est vrai, bien souvent on rogne le salaire,
On va vous disputer et le pain et l'eau claire.
N'est-ce pas un peu dur ? Non, tout cela n'est rien
Lorsque l'on n'est plus serf et qu'on est citoyen.

Il faut voir aujourd'hui sans plainte et sans murmure
Se targuer tant de nains, seigneurs de la roture.
Tout Irus enrichi, tout Thercite argenté,
Etablit de nos jours sa féodalité.
Voyez ces paltoquets qui, dans leurs âneries,
S'attaquent, en ruant, aux vieilles seigneuries,
Bien que les titres soient périmés et caducs,
Ils voudraient devenir des marquis ou des ducs.
Voyez-vous ces faquins qui singent la noblesse ?
Avec l'or usurpé qu'un vieux père leur laisse,
Sur un pied féodal construisant leurs maisons,
Ils font revivre encor tourelles et donjons ;
Et bientôt dans l'espoir où leur orgueil les berce
Ils feront les remparts, les fossés et la herse ;
Et tandis qu'on verra rouler de toutes parts
Des antiques châteaux, les décombres épars,
Au sein de leurs manoirs, dans leur gloire usurière,
Ils logeront en paix leur grandeur roturière.

Si comme il fit jadis le fils de l'Eternel
A l'avare cercueil voulait faire un appel,
S'il tirait par la main, de leur tombe glacée
Les seigneurs d'autrefois et leur grandeur passée,

S'il rendait à chacun son féodal manteau,
Ses titres, ses honneurs, sa terre et son château,
Que préfèreraient-ils nos modernes esclaves ?
Des seigneurs d'aujourd'hui les légères entraves ?
Ou le joug si pesant des seigneurs d'autrefois ?
Ils n'hésiteraient pas un instant dans leur choix,
Et les nouveaux seigneurs et le nouveau servage,
Sur tant de malheureux n'auraient pas un suffrage.

Repoussons donc d'ici ces ignobles tableaux
Où se peint la noirceur de nos seigneurs nouveaux ;
Gardons-nous de souiller par de telles images
Ce séjour glorieux des vertus des vieux âges,
Cette demeure antique, asile d'équité,
De franchise, d'honneur, de générosité.
Là toujours le travail recevait son salaire
Que lui distribuait une main tutélaire ;
Là le pauvre venait pour soulager sa faim,
Et trouvait à toute heure et sa couche et son pain ;
Là lorsqu'un noir sinistre exerçait ses ravages
Et que les fruits tombaient sous les coups des orages,
Les victimes en deuil n'imploraient pas en vain
Du seigneur bienfaisant la secourable main ;

Là le père chargé de famille nombreuse,
Trouvait pour ses enfants tutelle généreuse ;
Là toute fille pauvre, à l'âge de s'unir
Par les liens sacrés que le ciel doit bénir,
Joyeuse recevait la somme destinée
Pour l'achat d'une robe au jour de l'hyménée ;
Là les vassaux rangés autour de leur seigneur
Lorsqu'il fallait partir pour les champs de l'honneur,
Se sentaient à sa voix transportés de vaillance
Et juraient avec lui de mourir pour la France ;
Car si ces hauts seigneurs, dans le calme et la paix,
Humains et généreux, étaient prompts aux bienfaits,
Ces seigneurs, en quittant leur manoir et leur terre,
Courageux et vaillants, étaient prompts à la guerre.
Ce chaleureux amour de voler aux combats
Dans les derniers neveux brûle et ne s'éteint pas ;
Tel on vit ce guerrier qui, dans nos jours de gloire,
Suivit si noblement l'aigle de la victoire,
Ramena de Moscou nos drapeaux glorieux
Jusque dans les revers encor victorieux.
Il est noble d'unir, dans le même héritage,
Les lauriers de l'Empire aux lauriers du vieux âge.

Saluons ce manoir... Aux ombres de ce lieu
Sur le seuil, en partant, faisons un long adieu.
Tandis que le passé, comme une lampe sainte,
D'une douce lueur éclairera l'enceinte,
De dignes descendants, dans un culte pieux,
Honoreront la tombe où dorment leurs aïeux.

HIPPOLYTE DE LAFOREST.

SOUS PRESSE,

Pour paraître le 5 juillet 1846 :

ALBUM

Des Eaux thermales du centre de la France,

(VICHY.)

Un volume de 14 feuilles grand in-4°, orné de cinq planches lithographiées, d'une grande Carte de Vichy et ses environs, et des plans des villes de Vichy et Cusset.

PRIX : 5 FRANCS.

Nota. — Bourbon-l'Archambault. — Bourbon-Lancy. — Néris. — Le Mont-Dore. — Saint-Alban. — Chateldon. — Royat, etc., paraîtront successivement.

LA NYMPHE

DE VICHY.

CHANT PREMIER,

ARGUMENT :

Le Site. — La Nymphe — Le Palais — Les Eaux et leur vertu. — Les Étrangers.

LA NYMPHE

DE VICHY.

VII.

Sous le ciel des Boïens, au fond de ces domaines
Qu'occupèrent jadis les légions romaines,
Lorsque de ce climat les peuples aguerris
Marchèrent à l'appel de Vercingétorix :

Sur ces fertiles bords, confins de la Limagne,
Où le titan de Dôme a posé sa montagne,
Existe un beau séjour, où viennent se lier
Les ondes du Sichon aux flots de l'Allier ;
Ce séjour, invitant l'artiste et le poëte,
Est un miroir brillant où l'ame se reflète ;
C'est un séjour divin, par ses eaux enrichi,
Un séjour de bonheur, de santé ; c'est Vichy.

Une divinité, propice et libérale,
Occupe dans ce lieu sa grotte minérale,
Où son sein, composé de divers éléments,
Réchauffe au fond des eaux de précieux ferments.
Cette divinité, qu'à Vichy l'on honore,
Est fille de la Terre et du dieu d'Epidaure ;
Son père, en la créant, déposa dans ses mains
Le secret merveilleux de guérir les humains.
A cet art bienfaisant, qu'elle apprit de son père,
Elle joignit aussi les faveurs de sa mère ;
La Terre, avec amour la combla de ses dons,
Autour d'elle étendit ses plus riches cordons ;
Lui donna des forêts, des prés, des champs fertiles,
Des vallons fortunés, d'agréables asiles,

Des sentiers parsemés sur les flancs des côteaux
Et des sites riants aperçus des plateaux.
Bien plus, elle reçut d'une habile maîtresse
De savantes leçons dans l'art d'enchanteresse ;
Car elle a fait sortir, au sein de la cité,
Par son pouvoir magique, un palais enchanté ;
Et c'est dans ce palais qu'éclatent sa puissance
Et l'appareil pompeux de sa magnificence.
Là, d'un œil bienveillant, d'un geste gracieux,
Elle verse à grands flots ses trésors précieux,
Et, propice aux besoins, d'une main complaisante,
Sans cesse elle remplit son urne bienfaisante.
Sa vertu souveraine, au sein des chaudes eaux,
Maîtrise la fureur d'une foule de maux.
Elle amortit la dent de ce mal qui fait l'œuvre
Et le terrible effet de l'ardente couleuvre,
Qui, pénétrant les os de sa pointe de fer,
Fait subir au goutteux un supplice d'enfer ;
Elle endort le vautour dont l'implacable rage,
Dans un sein graveleux exerçant son ravage,
D'un tourment inouï, sans cesse renaissant,
Torture sans repos le martyr gémissant ;
Elle calme la soif du dangereux vampire,

Lorsqu'il est sur le point d'établir son empire,
D'amener avec lui l'effrayante langueur
Et de sucer le sang, goutte à goutte, en un cœur :
Elle arrête en son cours la Méduse fatale
Qui, desséchant la force et la sève vitale,
Tient le paralytique, assis, sans mouvement,
Comme pétrifié par un enchantement.
De ces monstres divers domptant les caractères,
Elle triomphe aussi dans ses eaux salutaires,
Des coups invétérés que Mars, dans les combats,
A faits avec son fer, sa foudre et ses éclats ;
Des funestes poisons qu'aux plages dangereuses,
Répandent, en chantant, les sirènes trompeuses ;
Des germes clandestins et des pâles couleurs
Qu'enfantent la tristesse et les sombres douleurs.

Quelle muse pourrait, lui consacrant ses veilles,
De cette déité célébrer les merveilles ?
Partout dans l'univers son nom est répété
Par la voix de l'oracle et de l'humanité.
Aux confins reculés, où s'étend son empire,
Pour ses dons précieux tous les ans on soupire.
Les enfants que le Nord nourrit dans ses frimats.

Ceux que voit le Midi sous ses heureux climats,
Ceux mêmes d'outre-mer et des plages lointaines
Désirent les bienfaits de ses chaudes fontaines.
Aussi de toutes parts, dans son riant séjour,
On arrive, en été, pour lui faire la cour;
Chacun selon son rang, à pied, en équipage,
Entreprend à l'envi ce doux pèlerinage.

Non, jamais dans les jours des fêtes d'Eleusis,
Des mystères sacrés de Cybèle ou d'Isis,
Non, jamais dans les temps de l'Europe païenne,
Ni dans ceux aujourd'hui de l'Europe chrétienne,
On ne vit tant de peuple accourir au saint lieu
Et venir implorer le secours de son Dieu.
Suivons ces pèlerins qu'à ses sources de vie,
En ces jours fortunés, la déité convie.
Observons leur figure, et d'un rapide trait,
A la hâte, en passant, esquissons leur portrait.

Parmi ceux du haut rang paraît ce personnage,
Modestement vêtu, sans aucun entourage,
Dont l'air sombre et pensif, le visage plissé,
Annoncent qu'en son cœur le chagrin s'est glissé,

Et qui perdit sa force aux luttes politiques,
En s'attelant au char des affaires publiques ;
Ce sournois financier, vivant dans des flots d'or,
Des trésors de Crésus directeur matador,
Qui contracta, dit-on, douleurs rhumatismales,
En plongeant trop avant dans les ondes fiscales ;
Ce nouveau Damoclès, ce courtisan usé,
Qui porte une ame basse en un corps tout brisé,
Et qui depuis quinze ans garde une courbature,
Que lui valut un jour sa rampante posture ;
Ce chauve magistrat, vaste dans ses désirs,
Ami des bons repas, des jeux et des plaisirs,
Qui bientôt à Thémis devenant infidèle,
Abandonna sa cour et se sépara d'elle,
Pour encenser Bacchus sous de riches lambris,
Où de tous ses excès la goutte fut le prix.
Là s'offre, en son éclat, étrangement parée
Des élégants du jour la fashion dorée,
Le lion parisien, bipède impérieux,
De tous les animaux monarque glorieux ;
Le dandy des salons, fidèle à l'étiquette
Et tenant à l'esprit autant qu'à la toilette :
Le loustic, échappé du faubourg Saint-Germain,

Débitant une charge en faisant son chemin ;
L'élégant d'outre-mer, lion de la Tamise,
A la pose guindée et conforme à sa mise.
A ce troupeau se joint, de plus d'une cité,
Maint type extravagant, mainte excentricité,
Le fat provincial, l'énervé sybarite,
Se présentant tous deux comme hommes de mérite,
Dans les eaux de Vichy, ces lions malheureux,
(Bien que dans leur éclat ils s'estiment heureux),
Ne peuvent se guérir d'infirmité morale ;
Pour eux la déité n'est jamais libérale ;
Pour eux elle ne fait nul prodige nouveau ;
Ils reviennent toujours le spleen dans le cerveau.
Distinguons en courant parmi la multitude
Les hommes dévoués au talent, à l'étude ;
Ce critique élégant, spirituel auteur,
Qui, du siècle aujourd'hui dominant la hauteur,
Et frappant de son trait le faux goût qu'il détrône,
Gagne du vrai talent l'immortelle couronne ;
Le poëte modeste, héritier de ce luth,
Que du bon Béranger l'amitié lui valut ;
L'artiste grandissant sous le bras tutélaire
Et le regard divin de Vernet qui l'éclaire ;

Cet autre qui, de Gros imitant le pinceau,

Représenta si bien Hercule en son berceau ;

Ce touriste, arrivé du ciel d'Occitanie,

Dont Vaucluse et le Rhône admirent le génie ;

Cet aigle jeune encor, dont l'éloquente voix

A déja triomphé dans le temple des lois ;

Cet élève sorti du sein polytechnique

Aujourd'hui dirigeant une œuvre volcanique.

La Nymphe de Vichy, de ses plus doux regards,

Accueille ces amis des muses et des arts,

Les arrache un instant à de trop longues peines

Et fait couler la vie et le feu dans leurs veines.

Dans la foule suivons le noble vétéran,

Qui porte sa blessure et sa croix de Wagram ;

L'autre qui dans Ligny, blessé par la mitraille,

Lutta jusqu'à la fin sur le champ de bataille ;

Le brave porte-enseigne, intrépide marin,

Qui perdit, glorieux, un bras à Navarin ;

L'ami de Cavaignac, le vaillant capitaine,

Qui, blessé l'an dernier, sur la plage africaine,

Espère encor tirer son glaive du fourreau,

Rejoindre ses amis et revoir son drapeau ;

L'homme ferme et constant, dont l'ame courageuse

Ne se démentit pas dans la lice orageuse,
Et qui, du tribunat quatre fois investi,
Revint pur et loyal comme il était parti ;
Ce digne citoyen, homme aussi de courage,
Qui, se montrant toujours libre dans son suffrage.
Dans l'urne électorale, au nom de son honneur,
Déposa, non vendu, le vote de son cœur ;
L'honnête laboureur, qui vivant sous le chaume,
Au sein de sa famille établit son royaume,
Et paisible, régnant sur ses humbles états,
Fait envier son sort aux plus grands potentats ;
Le rude montagnard qui, laissant ses montagnes,
Descend, tous les étés, dans ces belles campagnes,
Et qui, voyant des fats le glorieux troupeaux,
Rit, se tordant les flancs, sous son large chapeau.

Nous devons maintenant des esquisses naïves
Aux femmes que la Nymphe attire sur ses rives.
On voit là cette dame au corps volumineux
Dont la face ressemble au disque lumineux
De Phœbé, rayonnante au milieu des étoiles,
Quand, la favorisant, la nuit lui tend ses voiles ;
Cette belle Lucrèce au regard séduisant,

Qui mérite d'avoir un mari complaisant,
Et qui de la vertu sait garder l'apparence,
Comme font aujourd'hui tant de belles en France ;
Cette lady française, épouse d'un anglais,
Esclave dans Portsmouth et libre dans Calais,
Qui, frappant sur son cœur d'une main repentante,
Maudit tous les bienfaits de cordiale entente ;
Cette altière Phryné, lionne de Paris,
Que suivent les plaisirs, les grâces et les ris,
Qui ne garde plus rien de sa classe première
Et ne se souvient plus de son humble chaumière.
Sous un plus doux aspect, là se montrent sans fard,
Celles dont la vertu brille dans le regard ;
Ces mères, amenant leurs colombes fidèles,
Vierges au front serein, vertueuses comme elles :
Tous ces groupes charmants de naïves beautés
Qui viennent des hameaux, des monts et des cités.
Chacune a son accent, sa mode, sa coutume,
On peut les distinguer à l'air comme au costume ;
Sur chacune la mode et l'usage des lieux
Impriment un cachet plus ou moins gracieux ;
Les Bourbonnaises ont leur chapeau de bergère,
Celles des lieux lointains leur coiffure étrangère.

Nul pinceau ne pourrait de tant de belles fleurs
Retracer en passant les diverses couleurs.

Tels sont les visiteurs, qu'à sa fête annuelle,
La Nymphe de Vichy réunit autour d'elle.
Elle en voit arriver et partir chaque jour;
Ce tableau varié fait l'éclat de sa cour.
Ainsi le voyageur, au sein du Nouveau-Monde,
Égarant quelquefois sa course vagabonde,
Voit des milliers d'oiseaux, au plumage divers,
En groupes infinis s'étendre dans les airs,
Puis s'abattre, joyeux, à des heures certaines,
Dans les vierges forêts, sur les bords des fontaines.

HIPPOLYTE DE LAFOREST.

CHANT SECOND.

ARGUMENT :

Les Baigneurs et les Buvaurs. — Le Festin. — La Promenade. — Le Concert. —
Le Bal.

LA NYMPHE

DE VICHY.

VIII.

La déité des eaux, aux premiers feux du jour,
A la hâte a quitté son humide séjour ;
D'une vapeur légère, encore environnée,
Saluant d'un souris la fraîche matinée,

Et jetant ses regards sur l'horizon vermeil,

De ses adorateurs elle attend le réveil.

Les cheveux ondoyants et la robe flottante,

Et le bras appuyé sur son urne éclatante,

Elle dit : « Je suis prête, amis, approchez-vous,

Et venez savourer mes bienfaits les plus doux. »

Soudain, dans son palais, l'aimable enchanteresse

Voit de ses favoris la foule qui se presse.

Elle sourit à tout ; d'un signe de sa main

Elle indique à chacun et sa loge et son bain.

Il n'est pas maintenant de pompeuse toilette ;

On a mis de côté les bijoux de la fête ;

Car tous ces pèlerins viennent en ce moment

Implorer son secours et l'attendre humblement.

Telles, en descendant sur les rivages sombres,

Couraient vers le Léthé des multitudes d'ombres,

Et puisaient, se plongeant dans le sein de ses eaux,

L'oubli des jours passés, des peines et des maux.

On entre dans le bain. C'est l'heure du mystère ;

La déité sourit à l'œuvre qu'elle opère ;

Elle prodigue à tous ses soins compatissants

Et répand la santé dans leurs corps languissants.

Laissons-les un instant, satisfaits et tranquilles,

Oublier leurs douleurs dans ces secrets asiles.
Ce n'est pas seulement au palais enchanté
Que la Nymphe des eaux exerce sa bonté ;
Il est un autre asile, ouvert à la misère,
Où, la voyant venir, le pauvre la révère.
Là, des mêmes faveurs comblant les malheureux,
D'une égale tendresse elle veille sur eux.
D'une course rapide, également propice,
Du palais merveilleux elle court à l'hospice.
C'est là, dans la piscine, où plongent tant de maux,
Qu'éclatent de son art les effets les plus beaux.
Sans redouter des maux le contact ni l'atteinte,
Le plus sain des baigneurs peut s'y plonger sans crainte ;
La déité des eaux voulut, dans ses bienfaits,
Qu'à peine on en comprît les merveilleux effets.

Tout près s'offrent encore d'intéressantes scènes
Où la Nymphe, tendant des coupes toujours pleines,
Aux buveurs réunis verse complaisamment
Des flots multipliés de son pur élément ;
Ils boivent à longs traits cette onde vénérée.
Ainsi buvaient jadis à la source sacrée
Ces pélerins nombreux qui, des climats divers,

Venaient solliciter le don du dieu des vers.
Il n'est plus aujourd'hui de sources d'Hippocrène :
Nos sources ont changé leur vertu souveraine.

Les pélerins, sortis des eaux de ce Léthé,
Sont rayonnants de joie et de sérénité;
Voyant fuir le chagrin à l'aile ténébreuse,
Ils ont devant les yeux une journée heureuse ;
Car les uns ont noyé la peine dans leur sein,
Les autres l'ont laissée, éteinte, au fond du bain.
Imbibés des douceurs que leurs corps ont puisées,
Ils entrent maintenant dans les Champs-Élysées.

On a déjà dressé les tables du festin
Qu'ornent de mets exquis la bonté du destin.
De la terre et des eaux les produits délectables
Sous des aspects divers paraissent sur ces tables ;
On y boit le nectar divin et précieux
Que verse Ganymède aux convives des cieux.
Ces banquets sont joyeux : on proscrit l'étiquette;
Dans un doux sans-façon on babille, on caquette,
Et même quelquefois le trop de liberté
Fait monter la rougeur au front de la beauté.

Dans ses écarts badins, la gaîté du convive
Saisit habilement l'épithète incisive,
Et porte un coup cruel que l'on ne peut parer,
Et qui, plus d'une fois, en secret fait pleurer.
On voit le graveleux, s'érigeant en critique,
Attaquer de son trait le goutteux qui réplique.
On dirait qu'à cette heure on a fait un trio
De Momus, de Pasquin et de Marforio.
Même dans ce moment de douce frénésie
La charge ne perd pas son droit de bourgeoisie ;
Bien que des grands salons on lui ferme le seuil,
Vichy la veut encore et lui fait bon accueil.

Au sortir des banquets la foule se partage ;
Chacun suit la partie où le plaisir l'engage ;
Et partout l'on ne voit qu'exercices et jeux ;
Et puis quand le soleil, amortissant ses feux,
Permet, dans son déclin, aux ombres des collines
D'amener la fraîcheur sur les rives voisines,
Les promeneurs joyeux, en des sens différents,
Vers les sites connus portent leurs pas errants.
Cheminons avec eux. Le long de cette allée
Que planta de nos jours la duchesse exilée,

Remontons le Sichon, et sous chaque berceau
Que la verdure a fait sur les bords du ruisseau,
Arrêtons un instant. Sur la plage riante
Éclatent les transports d'une gaîté bruyante.
Ce sont des chœurs légers qui, sortant des roseaux,
Folâtrent, se mirant dans le cristal des eaux ;
C'est une voix qui chante, et l'écho de la rive
Répète, en gémissant, la romance plaintive ;
C'est la flûte légère, aux sons mélodieux,
Qui fait croire d'abord que Pan est dans ces lieux.
Sous ce dôme, formé de branches protectrices,
Sont assis des lecteurs et de jeunes lectrices ;
Ils tiennent dans leurs mains les ouvrages chéris,
Ouvrages immortels des auteurs favoris ;
L'un lit Châteaubriand et l'autre Lamartine ;
Celle-ci feuilletant d'une main libertine,
Sans craindre sous les fleurs le serpent dangereux,
Se meurt avec Julie au départ de Saint-Preux ;
Plus d'une tient Dumas, Souillé, Balzac ou Sue,
Et lit, loin des dévots, craignant d'être aperçue.
Près de ces arbrisseaux on se plaît, à l'écart ;
Sans suivre aucun sentier, cheminant au hasard,
On égare ses pas, et là, dans le silence,

Sous ces asiles frais où Zéphir se balance,
On parle en chuchotant, craignant que le secret
Ne soit porté trop loin par le vent indiscret.
Avançons; nous voici sur la riche colline,
Près de ce site heureux où Cusset se dessine ;
Cusset, cité coquette, est la sœur de Vichy;
Il n'est que le vallon que nous avons franchi
Qui sépare leur sol. On dit qu'en ses richesses,
La Nymphe de Vichy, juste dans ses largesses,
Veut aussi partager à Cusset ses faveurs,
Et donner de ses eaux part égale aux deux sœurs,
Cusset mérite bien que la nymphe propice
Sur son sol fortuné pénètre et s'établisse ;
Ses environs sont beaux et son sexe est charmant,
Maint touriste étranger l'a loué justement.
On a dit de Cusset et de ses citoyennes
Que c'était un pays peuplé de Georgiennes.
Oh ! qu'on entendrait là chanter de troubadours,
Si l'on faisait encor sirventes de nos jours.

Retournons sur nos pas; l'ombre crépusculaire
Enveloppe déjà la rive solitaire ;
On n'entend plus les chants des promeneurs joyeux ;

Sur les bords du Sichon tout est silencieux.
C'est que, sous les regards de la Nymphe adorée,
Va s'ouvrir à Vichy la brillante soirée.

Quels sons mélodieux font retentir les airs !
Qui conduit ces accords ? C'est Strauss, roi des concerts.
Si, dans l'élan joyeux d'un éclatant délire,
On voyait tout-à-coup le maître de la lyre
Sur des bords arrosés par un autre Ilissus,
S'associer Orphée, Amphion et Linus,
Euterpe avec ses chœurs et les autres encore
Qui mariaient leur voix à la lyre sonore,
Là, si tous s'accordant, tous jouaient à la fois,
Exécutant du Dieu les harmoniques lois,
On aurait le concert, qu'aidé de son élite,
A Vichy, tous les soirs, donne l'israélite.
La déité des eaux a fait pacte avec lui ;
Il sera l'an prochain ce qu'il est aujourd'hui.
Les Hébreux de nos jours, plus heureux que leurs pères,
Qui suspendaient leurs luths aux rives étrangères,
Savent tirer parti de leurs enchantements,
Et faire venir l'or au son des instruments.

C'est ici le salon que le luxe décore,
Où, dans tout son éclat, préside Terpsichore.
C'est le bal..... quel essaim d'éclatantes beautés !
Devant elles, lions, courbez vos majestés ;
Admirez leurs atours, leur taille aérienne ;
Que chacun dans les rangs aille choisir la sienne.
Dansez.... Oh ! c'est divin, vous avez les houris,
Que promet le prophète à tous ses favoris.
Aussi sont-ils heureux de mordre la poussière,
D'affronter nos guerriers, même Lamoricière ;
Tournez, lions, tournez dans ces cercles brillants,
Et serrez dans vos bras les palmes des croyants.
Sans exposer comme eux votre chère existence,
N'avez-vous pas ici la même récompense ?

Quand j'aurais dans mes mains le magique pinceau,
Qui fit de Saint-Ronan le merveilleux tableau,
Jamais je ne pourrais, de couleurs assez vives,
Peindre tous les plaisirs qu'on goûte sur ces rives.
La Nymphe de Vichy, pompeuse en ses bontés,
Efface, en son éclat, toutes les déités.
Rien ne manque à sa cour ; on la voit chaque année
S'élever en grandeur, plus belle et plus ornée.

Attirant auprès d'elle, en ses jours favoris,
Le luxe, les talents, les beaux-arts de Paris,
Et variant ses jeux par mainte et mainte scène,
Elle a rendu jaloux tous les dieux de la Seine.

HIPPOLYTE DE LAFOREST.

CHANT TROISIÈME.

ARGUMENT :

le retour des Etrangers — La solitude de Vichy. — Les Souvenirs.

LA NYMPHE

DE VICHY.

IX.

L'été touche à sa fin. Les pélerins nombreux,
Regagnant leurs foyers, quittent ces bords heureux ;
Dans le pieux élan de leur reconnaissance,
De la Nymphe des eaux louant la bienfaisance,

Et d'un dernier regard embrassant ces beaux lieux,
Ils lui font, en partant, leurs plus tendres adieux ;
Et Vichy maintenant n'offre plus que l'image
D'un magique désert, sur un brillant parage.
Vous vous souvenez bien des récits d'autrefois,
Lorsque, jeunes encore, attentifs à sa voix,
Vous écoutiez parler la conteuse grand-mère,
Qui, troublant vos esprits de plus d'une chimère,
Souvent vous répétait, avec un grand sérieux,
Des contes surprenants, des traits mystérieux ;
Vous savez, ces trésors sortant de la noisette,
Ces palais qu'enfantait la magique baguette,
Ces domaines si beaux, ces muettes cités,
Paraissant tout-à-coup dans des lieux enchantés,
Où, le voyageur, morne, entouré du mystère,
Dans son étonnement, se voyait solitaire.
Ces contes n'étaient pas tout-à-fait mensongers ;
N'est-ce pas là Vichy, perdant ses étrangers,
Et rentrant tout-à-coup dans cette quiétude,
Qui de son beau séjour fait une solitude ?

La Nymphe, suspendant ses pénibles travaux,
A fermé son palais ; dans le sein du repos,

Elle va, sans atours et sans éclat de reine,
Garder, pendant six mois, sa grotte souterraine.

Le Sichon maintenant, au lieu de doux transports,
Qui naguère faisaient le charme de ses bords,
N'entend plus que le son de l'aigre cornemuse
Et les stridents ébats du pâtre qui s'amuse,
Et qui, roi de ses bords, s'imagine aujourd'hui
Que ces berceaux riants ne sont faits que pour lui.

Mais il est une voix, féconde en harmonie,
Que conserve en ces lieux un éternel génie,
La voix des souvenirs ; écoutons-la parler.

C'est ici qu'autrefois venait se consoler
La maîtresse d'Humbert, la belle Ludovie,
La plus aimable fleur des murs de Gergovie,
Quand le comte eut donné dans le piége fatal,
Que tendit, sous ses pas, la fureur d'un rival.
Elle vint au Sichon confier ses alarmes,
Et toujours le Sichon se souvient de ses larmes.

Là venaient s'égayer, sous des destins plus doux,

Aure, la villageoise, et le duc, son époux,
Qui sut la préférer, dans son amour sincère,
Aux filles des seigneurs, bien qu'elle fût bergère.
Le Sichon répéta, comme il répète encor :
« La beauté vertueuse est préférable à l'or. »

Ces superbes côteaux, aux verdoyantes cimes,
Semblent nous conserver les paroles sublimes,
Que la veuve d'Aymar, en des jours désastreux,
Adressait aux partis qui s'égorgeaient entr'eux,
Lorsque le fanatisme, à la main fratricide,
Secouait dans ces lieux sa torche d'Euménide.

Au loin c'est le plateau du bienfaisant Vallier ;
Il ne reste plus rien du toit hospitalier
Qu'habita la vertu de ce bon solitaire.
C'est ainsi que l'on voit s'effacer, sur la terre,
Ces modestes réduits, où tant de malheureux
Recevaient, en passant, des secours généreux !
Devant les monuments d'immortelle mémoire,
Consacrés aux beaux-arts, aux talents, à la gloire,
J'admire avec respect..... Mais je tombe à genoux.
Je sens battre mon cœur d'un mouvement plus doux,

Sur les humbles débris de la hutte sacrée
Où la vertu vécut et mourut ignorée.

A tous ces souvenirs se joignirent plus tard
Ceux que laissa Fléchier, cet apôtre du Gard,
Qui puisa, dans ces lieux, la force souveraine
Qu'imposait à sa voix l'éloge de Turenne.
Si Nîme est glorieux des vertus du prélat,
Vichy, de ses vertus, garde aussi quelqu'éclat.

Parmi les souvenirs de pieuse tendresse,
Il en est un surtout dont le charme intéresse,
C'est celui d'une femme, au cœur plein de bonté,
Type de modestie et de simplicité,
Dont le pinceau naïf, guidé par la nature,
Du séjour de Vichy fit l'aimable peinture.
Dans ce trait si connu son nom est désigné,
La voix du souvenir a nommé Sévigné.

Cette ombre et ce gazon rappellent la duchesse,
Qui, versant sur Vichy sa royale richesse,
Et plantant cette allée, où s'attache son nom,
Grava son souvenir aux arbres du Sichon.

Elle est loin de ces bords..... Respect à l'infortune !
Ce ne serait qu'une ame ignorante et commune,
Qui voudrait, détournant le prix de ses bienfaits,
Le mettre dans des mains qui ne les ont pas faits.
Je hais d'un courtisan les serviles paroles ;
Je n'ai jamais offert mon encens aux idoles.
Si la duchesse encore, habitant son palais,
Avait toute sa cour, sa garde, ses valets,
Et montrait de sa main, sur les marches du trône,
A son jeune neveu l'éclat de la couronne,
D'elle ni de ses dons je ne parlerais pas ;
Il suffit qu'elle habite en de lointains climats,
Qu'elle traîne le poids de sa chaîne cruelle,
Qu'elle vive en exil, pour que je parle d'elle.
De quelque rang qu'ils soient, pour tous les malheureux
Le poëte toujours porte un cœur généreux.

C'est ainsi qu'en ces lieux le calme et le silence
Exercent sur le cœur leur sublime éloquence.
Que j'en ai visité de ces fameux séjours,
Où le calme muet règne après les beaux jours !
De la grande cité, sur la ligne glissante,
Où roule, avec le feu, la vapeur mugissante.

Un beau jour j'arrivai dans le château des rois,
Ce château si bruyant, si pompeux autrefois.
C'était beau ce jour-là ; c'était fête à Versailles ;
Le parc faisait jaillir les eaux de ses entrailles.
Tout Paris s'y trouvait. J'y fus le lendemain,
La ville était déserte!..... En faisant mon chemin,
Là surtout j'entendis cette voix solennelle,
Qui préside aux concerts de la fête éternelle ;
La voix des souvenirs... C'est elle qui m'instruit,
Qui donne à mes travaux et leur charme et leur fruit :
C'est la voix que j'entends, c'est la voix qui m'inspire
Depuis qu'au Bourbonnais je consacre ma lyre.

Tandis qu'en son réduit, la déité des eaux
S'abandonne, paisible, aux douceurs du repos,
Attendant le retour de la saison nouvelle,
Ses nombreux favoris soupireront pour elle ;
Et pour elle animés d'un sentiment pieux,
Ils ne cesseront pas de lui faire des vœux.
On entendra souvent au sein de la famille,
L'hiver, au coin du feu, lorsque chacun babille,
Raconter à l'envi les diverses faveurs,
Que procure la Nymphe à ses adorateurs.

Dans le paisible cours de ces longues soirées,
Aux tendres souvenirs, aux plaisirs consacrés :
« Non, dira le vieillard que les ans ont blanchi,
» Il n'est pas de séjours plus heureux que Vichy. »
Si quelquefois du mal ressentant les atteintes,
Le malade attristé voit revenir ses craintes,
En tournant vers Vichy son regard languissant
Il trouvera soudain un remède puissant,
Et sentira son corps, bien que le mal le brise,
Renaître aux doux espoirs de la terre promise.

O vous qui, tous les ans, fréquentez cette cour,
Où la reine des eaux prodigue son amour,
O vous tous, qui venez des diverses contrées,
Implorer à l'envi ses faveurs adorées,
Et qui, dans vos foyers, par son pouvoir vainqueur,
Rapportez la santé, la vie et le bonheur,
Puissiez-vous, dans mes chants, faits pour vous et pour elle,
Trouver de ses bienfaits la peinture fidèle !
Puissent-ils, rappelant vos jeux et vos plaisirs,
Dissiper vos ennuis et charmer vos loisirs !
Sur ces rives encor, promenant mon délire,
Je dois à bien des lieux le tribut de ma lyre ;

La Nymphe de Bourbon et celle de Néris,
A leur tour m'invitant m'appellent d'un souris.
Il est encore ici des merveilles secrètes,
D'historiques manoirs, de pieuses retraites,
D'agréables séjours, plus ou moins enchantés,
Et d'occultes trésors, dignes d'être chantés.
Suivant, dans son élan, ma muse qui me guide,
Avec elle je puis marcher d'un pas rapide,
Et bientôt de mes chants compléter le recueil,
Au désir du pays qui leur fait bon accueil ;
Avec elle je vois à travers le nuage
Qui captive mes yeux et couvre mon voyage ;
Avec elle j'irai sur tous les autres bords
Qui, dans mes *Souvenirs*, réclament mes accords !

HIPPOLYTE DE LAFOREST.

LE ROCHER

DE LA CHÈVRE.

LE ROCHER

DE LA CHÈVRE.

XI.

Hanc sacram rupem nymphæ venerantur agrestes ;
Hic nam ludendo præpetit omen Amor.　　　*A.*

Aux rives du Sichon, en remontant ces bords,
Qui naguère attentifs, écoutaient mes accords,
Avez-vous visité ce rocher solitaire,
Qui semble là, debout, s'échappant de la terre,
Comme un membre isolé du dernier des Titans,
Défier et le ciel et la foudre et le temps ?
Là, vous a-t-on conté l'intéressante histoire
De la vieille, du loup et de la chèvre noire ?

Une vieille n'avait, pour unique secours,

Qu'une chèvre chérie, appui de ses vieux jours ;

Cette chèvre docile, à l'humeur caressante,

Au plus léger signal courait obéissante ;

Et la vieille et la chèvre, en un soin quotidien,

Se prêtaient l'une à l'autre un mutuel soutien ;

La vieille fournissait l'abondant pâturage,

Et la chèvre, en retour, le plus ample laitage ;

De sorte que la vieille, en son pauvre trésor,

A de plus malheureux pouvaient donner encor.

C'était pendant l'automne, au loin dans la campagne

Où, tranquille, broûtait sa fidèle compagne,

La vieille était assise, à l'heure où les troupeaux,

Sous l'étoile du soir, regagnent les hameaux.

Elle laissait courir ses errantes pensées

Sur les jours d'autrefois et leurs scènes passées ;

Car ce fut sur ces bords que, de son premier feu,

Au berger qu'elle aimait elle avait fait l'aveu.

Se rappelant ainsi le temps de sa jeunesse,

Elle trouvait moins lourd le poids de sa vieillesse ;
Souvent elle disait, en louant le bon Dieu :
« Le bonheur d'autrefois m'accompagne en ce lieu. »
Mais sur la terre hélas ! tout bonheur est frivole,
Lorsqu'on croit le tenir, c'est alors qu'il s'envole ;
De la peine au chagrin il n'est jamais qu'un pas ;
A tout âge on le sait, mais on n'y pense pas.
Un bêlement plaintif fait retentir la plaine ;
La vieille tout-à-coup, s'agitant, hors d'haleine,
Aidant de son bâton son lent empressement,
Fait hâte vers le lieu d'où part le bêlement.
Elle arrive..... O douleur ! sa compagne fidèle
Cherche à se dérober à la rage cruelle
D'un loup persécuteur qui, sorti des forêts,
S'acharne à sa poursuite et la serre de près ;
La chèvre fuit, le loup la presse encor plus vite,
La chèvre au pied léger, se détourne et l'évite ;
Rien qu'un instant de plus, et le tyran des bois,
Dans son acharnement, va la mettre aux abois ;
Il la saisit déjà, quand la pauvre victime,

Sautant sur le rocher, s'élance sur la cime,

Mais d'un si vif élan, d'un si rapide bond,

Que perdant à la fois et la force et l'aplomb,

Elle se précipite, et la chute est mortelle.

La vieille, au désespoir, dans sa douleur cruelle,

En maudissant le loup qui n'ose s'approcher,

Se traîne d'un pas lent jusqu'au pied du rocher.

La pauvre femme hélas ! d'une voix déchirante,

Appelle sa compagne, et la chèvre expirante

Fait un dernier effort, reconnaissant sa voix,

Et lui lèche la main pour la dernière fois.

La vieille ne peut plus survivre à ses alarmes,

Elle ne cesse pas de répandre des larmes.

Son deuil ne peut finir, on l'entend nuit et jour

Attendrir de ses cris les échos d'alentour,

Et conter aux passants sa douloureuse perte.

Un matin l'on trouva sa chaumière déserte ;

Les villageois voisins, qui furent la chercher,

La trouvèrent, dit-on, morte au pied du rocher.

Dans ces temps reculés, le rocher solitaire,

Du tragique récit morne dépositaire,

Dut le perpétuer, et pour plus de renom,

Au nom de la victime, on maria son nom.

Bientôt après, le sort, bizarre en son caprice,

En fit à ses desseins un instrument propice,

Et jusques à nos jours il voulut attacher

Un pouvoir prophétique au tragique rocher.

Là, l'amante et l'amant, songeant à l'hyménée,

Se rendent pour savoir quelle est leur destinée.

Arrivés au rocher, tous les deux à la fois

S'excitent du regard, du geste et de la voix ;

Et bientôt déployant tout ce qu'ils ont d'adresse,

Ils commencent un jeu dont l'issue intéresse.

Chacun prend une pierre, et, d'un courage égal,

Chacun de son côté vise au rocher fatal ;

Les deux pierres volant retombent sur la crête,

Si l'une près de l'autre à la cime s'arrête,

Les deux amants joyeux se prennent par la main,

Ils doivent, dans l'année, accomplir leur hymen.

L'hymen est éloigné lorsqu'il n'en reste qu'une,
Il n'arrive jamais lorsqu'il n'en reste aucune.

C'est surtout au printemps, la saison des beaux jours
Favorable aux plaisirs et propice aux amours,
Que le pied en avant et le bras en arrière,
Les amants au rocher font le jet de la pierre.
Chacun à la lancer est plus ou moins adroit ;
Il s'agit de garder le calme et le sang-froid.
Par son manque d'aplomb, dans son trouble éperdue,
Comme la chèvre hélas ! plus d'une s'est perdue.
On doit faire l'essai long-temps en d'autres lieux,
Avant de faire ici la partie au sérieux.
Les filles des hameaux, à ce jeu plus habiles,
Font mieux le tour de bras que les filles des villes.
A ce rocher fatal plusieurs portant leurs pas,
Veulent faire souvent ce qu'ils ne peuvent pas.
Les vieilles et les vieux, qu'encor l'hymen amorce
Y viennent faire aussi leur dernier tour de force.
On y voit arriver, par des chemins divers,

Jeunes plus ou moins forts et vieux plus ou moins verts.

Sans bruit et sans éclat, dans ce pélerinage,

On voit s'aventurer plus d'un grand personnage.

Tel souvent s'est moqué des superstieux,

Qui, lui-même, en secret, s'est rendu dans ces lieux.

Que d'amants soucieux, aux plaines bourbonnaises

Mènent leur prétendue, et souvent sont bien aises,

Comme si le hasard les faisait approcher,

De prendre le chemin qui conduit au rocher !

Qu'on en voit, tous les ans, qui, des rives lointaines

Se rendent à Vichy, non pas pour ses fontaines,

Mais plutôt pour aller, dans un riant trajet,

Faire en se promenant le fatidique jet.

Vous savez, ces amants qui, depuis dix années,

S'adoraient sans pouvoir unir leurs destinées ;

Ni l'or ni les plaisirs ne manquaient à leurs vœux,

L'hymen seul qu'ils cherchaient toujours s'éloignait d'eux.

Ils vinrent dans ces lieux, ayant entendu dire,

Que le rocher fatal pouvait seul leur prédire

S'ils atteindraient bientôt ce fugitif hymen.

Arrivés là, tous deux prirent leur pierre en main ;
Mais aucune, ô douleur ! ne resta sur la crète.
L'amante, au désespoir, mourut dans la retraite,
Et l'amant malheureux, comme un autre Abeylard,
Finit aussi ses jours loin du monde, à l'écart.

Brûlerait-on encor d'une plus vive flamme
Que le feu de Thisbé, que l'ardeur de Pyrame ;
Irait-on, qui plus est, jusqu'à faire le tour
Que commandent parfois l'intérêt et l'amour ;
Devenant tout-à-coup, de colombe timide,
Virago courageuse, amazone intrépide,
La maîtresse irait-elle, invocant le serment,
Sous les yeux du public enlever son amant,
Que le rapide hymen, de ce couple fidèle,
Sans cesse s'éloignant, fuirait à tire d'aile,
S'il avait fait hélas ! par un coup malheureux,
Au rocher fatidique un jet malencontreux.

On ne doit pas chercher à renverser l'obstacle,

Il faut sans murmurer se soumettre à l'oracle :
Car on ne sait pas trop ce que l'on risquerait,
Si l'on voulait briser son redoutable arrêt ;
Dans son puissant courroux, l'oracle pourrait faire
Du flambeau de l'hymen un flambeau funéraire,
Et, changeant tout-à-coup le banquet en cercueil,
Ensevelir le couple en un même linceul.

On ne peut pas non plus, allant contre son dire,
S'opposer à l'hymen qu'il se plaît à prédire ;
Alors les deux amants doivent former leurs nœuds,
Quand l'univers entier se liguerait contre eux.
Sous les yeux de l'Europe et dans ce moment même,
En dépit des Anglais et malgré l'anathème
Des partis qui croyaient lui barrer le chemin,
Montpensier n'a-t-il pas célébré son hymen ?
Il faut croire qu'avant de partir pour l'Espagne,
Il avait, en secret, fait venir sa compagne,
Et qu'ensemble au rocher, ayant porté leurs pas,
Ils avaient, tous les deux, fait l'heureux tour de bras.

A quoi vous ont servi ces menaces de guerre,
Cet hostile appareil et sur mer et sur terre?
On eut dit un moment que, dans votre courroux,
Vous alliez enlever l'Infante à son époux.
Vous n'avez rien pu faire en votre résistance,
Car l'oracle a soumis l'Angleterre à la France.
Cet oracle est puissant, et ce n'est pas en vain
Que l'on attenterait à son pouvoir divin;
Il faut suivre en tout point les réponses qu'il donne.

Les chênes s'expliquant dans le bois de Dodone;
Dans Delphes Apollon, de sa puissante voix,
Courbant à ses autels les peuples et les rois;
Nérée entretenant, sur la vague interdite,
Les passagers surpris, aux plaines d'Amphitrite;
Protée, en sa fureur, prononçant ses décrets
Aux mortels qui venaient arracher ses secrets;
Dans Cumes, la Sibylle à l'écumante lèvre;
Tout cède son pouvoir au Rocher de la Chèvre.

HIPPOLYTE DE LAFOREST.

LES INONDATIONS

OCTOBRE 1846.

147

LES INONDATIONS

OCTOBRE 1846 (*).

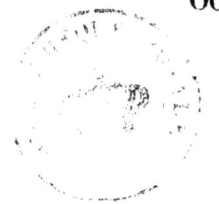

XII.

> . . . . *Quis talia fando*
> *Temperet à lacrymis.* . . . . .
> — VIRGILE. —

Des signes effrayants, qui cheminent d'avance,
Annoncent au lointain le fléau qui s'avance.
Sur les bords dauphinois, l'horison mugissant,
Vomit avec la foudre un orage de sang;

(*) Cette pièce forme la 12ᵉ livraison des *Souvenirs poétiques du Bourbonnais*, par Hippolyte de Laforest, publiés chez Martial Place, éditeur. Cette publication se composera de 20 livraisons, formant un volume du prix de 5 fr.

L'ouragan déchaîné, de ses ailes brûlantes,

Effleure les cités, sur leurs bases tremblantes;

Aux confins du Midi, les courants souterrains,

Par des bonds convulsifs agitent les terrains;

Les oiseaux étrangers cherchent une retraite

Jusque dans les cités, où leur foule s'arrête.

Tout-à-coup les torrents, suspendus dans les cieux,

Tombent..... La Loire alors, d'un élan furieux,

Précipite ses flots dans l'immense campagne,

Au loin, dans les hameaux, la terreur l'accompagne.

Parti de son côté, le géant niveleur,

Poursuivant à grands pas son hymen de malheur,

Entraînant, ravageant, dans sa course fougueuse,

L'Allier va se joindre à la Loire orageuse.

Au milieu du fracas et des éboulements

Retentissent des flots les longs mugissements;

Tout cède, tout frémit, et la terreur augmente

Aux degrés monstrueux de la crûe écumante.

Les digues, les remparts, défenseurs riverains,

Ne peuvent aujourd'hui protéger les terrains;

Comme un sable mouvant, leurs masses entraînées
Suivent des flots vainqueurs les masses déchaînées.
Toits, habitants, troupeaux, arbres, chantiers, sillons,
Disparaissent, roulants dans de noirs tourbillons ;
Voitures, voyageurs, en complète déroute,
Saisis par les courants, ont les flots pour la route ;
Équipages entiers, plongeant et replongeant,
Les chevaux, les uns morts et les autres nageant,
Attelages de bœufs, tenant à la charrue,
Contre des ponts brisés, où la vague se rue,
Donnent avec fracas et tournent, engloutis
Par le noir tourbillon, au fond des pilotis.

Qui pourrait raconter les scènes douloureuses,
Qu'offrent sur tous les points les ondes désastreuses !
Quel artiste pourrait rendre, sous son pinceau,
Cet enfant entraîné, flottant dans son berceau,
Et sa mère, courant pour lui sauver la vie,
Emportée à son tour par l'onde inassouvie ;
Cet ami dévoué, faisant un vain effort,

Pour sauver son ami qui périt loin du bord ;
Cet époux malheureux, appelant son épouse,
Enlevée à ses yeux par la vague jalouse ;
Ces voyageurs tremblants se tenant embrassés
A l'arbre où par hazard le flot les a laissés ;
Et ceux qui de leurs toits voient monter le déluge
Qui va les envahir sur ce dernier refuge !

Que de beaux dévouements ! que de bras courageux
Se signalent au loin sur les flots orageux !
Gloire à ce laboureur, dont le cœur intrépide
Suit l'élan spontané d'un courage rapide !
Après avoir perdu sa famille et son bien,
Quand l'horrible fléau ne lui laisse plus rien,
Il paraît oublier son malheur déplorable
Pour tendre aux malheureux une main secourable.
Gloire à cet ouvrier, qui de sueur fumant,
Se lançant du travail dans le flot écumant,
Ose lui disputer la victime qu'il roule,
Et revient triomphant sous les yeux de la foule !

Gloire à ce marinier, qui, pour porter secours,
Luttant de l'aviron au péril de ses jours,
Saisit de son côté de nombreuses victimes,
Que les flots courroucés agitent sur leurs cimes !
Gloire enfin à tous ceux qui, dans ces jours affreux,
Courent sauver la vie à tant de malheureux !
De leur beau dévouement, les élans héroïques
Leur méritent des dons et des palmes civiques ;
Cet essor généreux de l'intrépidité
Honore le pays, flatte l'humanité.

Cependant un rayon vient de percer la nue,
Par degrés l'onde baisse et l'effroi diminue,
Et las de ravager, et penchant vers sa fin,
Le fléau semble avoir rassasié sa faim.
Quand le frère géant du démon des abîmes,
Le terrible boa, s'entourant de victimes,
A, dans ses longs replis, entassés des monceaux
Encore palpitants d'hommes et de troupeaux,
Et qu'il a torturé, dans sa gueule vorace,

Ce butin dont au loin il a semé la trace,

Il dort, rassasié de ces énormes tas,

Sur les restes affreux de l'horrible repas.

Tel parmi des débris et d'immenses ravages,

Laissant au loin le deuil sur ses tristes rivages,

Le déluge effrayant, ce vengeur du chaos,

Est rentré maintenant dans son lit de repos.

Quels désastres affreux ! quels changements les ondes

Ont au loin apporté dans ces plaines fécondes !

Au bonheur, à la vie, à la fécondité,

Ont succédé la mort, le deuil, la nudité.

On ne rencontre plus, dans ces plaines détruites,

Que quelques oasis, comme aux plages maudites ;

Et parfois, dans le fond des sables crevassés,

On découvre, ô terreur ! pêle-mêle entassés,

Au milieu des débris, de meubles, de toiture,

Présentant un tableau d'étrange sépulture,

Des cadavres affreux d'hommes et d'animaux.

On aperçoit, parmi des restes de hameaux,

Quelques infortunés, comme de pâles ombres,

Errer, en gémissant, sur des tas de décombres.

Ils cherchent, ô douleur ! ô spectacle touchant !

La place où fut leur toit et celle où fut leur champ ;

Ils appellent encor, d'une voix lamentable,

Leurs parents, leurs amis, enterrés sous le sable.

Pauvres infortunés ! dans l'horreur de ce deuil,

Rien ne peut plus surgir de ce vaste cercueil !

Hélas ! que cherchez-vous ? Parents, amis, asiles,

Troupeaux, gazon riant, prés, vignes, champs fertiles,

Tout est perdu pour vous ! Et l'horrible fléau

Ne vous a pas laissé le plus faible tableau,

Où vos regards encor puissent de la nature

Saisir dans le lointain la vivante peinture.

En proie à leur douleur, sur leurs bords dévastés,

Gémissent, dans le deuil, ces superbes cités,

Qui bordent l'étendue, aux rives de la Loire,

Et qui font de ce sol la fortune et la gloire.

Roanne verse des pleurs sur son riche quartier,

Ravagé par le fleuve et détruit tout entier ;

Roanne, cette cité brillante d'industrie,

Un de ces beaux foyers, orgueil de la patrie,

Roanne qui réunit les produits de ses mains

Aux restes précieux des œuvres des Romains.

Promenant ses regards sur ses immenses plaines,

Nevers ne trouve plus ses superbes domaines ;

Nevers dont le commerce, au florissant essor,

Est devenu géant et doit grandir encor ;

Nevers qui maintenant, avec nous, sans rancune,

Va du chemin de fer partager la fortune.

Le voile sur le front, accablé de douleur,

Orléans de son val déplore les malheurs ;

Orléans qui, du temps où l'Anglais à ses portes,

Inondait son beau sol de barbares cohortes,

Avant que Jeanne d'Arc eût prêté son appui,

Ne fut plus malheureux, plus triste qu'aujourd'hui.

Blois gémit ravagé, de tristesse il se couvre ;

Blois, ville au vieux renom, Blois où venaient du Louvre

Habiter autrefois des hôtes couronnés,

Et qui voit aujourd'hui dans son sein amenés
Et l'active industrie et l'élan du commerce
Et l'espoir de grandir dans lequel il se berce.
Tours pleure ses jardins si fertiles, si beaux,
Ses vergers, ses *villas* et ses jolis hameaux ;
Tours qui voit, par l'élan de la vapeur puissante,
Cheminer dans son sein la presse florissante,
Et grandir chaque jour, sous ses heureux regards,
L'amour de la science et le culte des arts.
Bien des cités encor, dans la douleur plongées,
Pleurent en gémissant leurs rives ravagées.
Aux champs du Bourbonnais, dans ces jours désastreux,
L'Allier laisse aussi des ravages affreux.

A l'heure du danger, la patrie aux alarmes,
S'adresse à ses enfants et les appelle aux armes ;
Ses enfants tout-à-coup se levant à sa voix,
Suivent, sous son drapeau, le chemin des exploits,
Et bientôt, à ses yeux, leurs mains victorieuses
Cueillent de la valeur les palmes glorieuses.

Plaintive, déchirée en son sein maternel,

Français, elle vous fait aujourd'hui son appel ;

Non pas pour la venger encor sur la frontière,

Mais pour la secourir sous une autre bannière,

Et sur ce *labarum* de générosité

Elle écrit ces deux mots : Secours ! Humanité !

Sous ce signe sacré, de sa voix maternelle,

Elle invoque en vos cœurs la pitié fraternelle,

Et vous montre du doigt vos frères malheureux,

Accablés sous les coups du fléau désastreux.

Sensibles aux accents de son ame navrée,

Formez donc, citoyens, la croisade sacrée !

Le désastre, causé par l'ennemi commun,

Doit être réparé par le don de chacun.

Il s'agit de combler l'abîme épouvantable,

Qu'a creusé sous vos pieds le fléau redoutable.

Dans cette œuvre sublime où, par votre tribut,

Vos frères aux abois trouveront leur salut,

La palme réservée est aussi méritoire

Que le laurier cueilli dans les champs de la gloire.

Il s'agit de montrer aux yeux de l'univers,

Comme nous l'avons fait toujours dans nos revers,

Que le peuple français, même dans l'infortune,

Sait trouver sa grandeur dans sa propre fortune.

Il s'agit de montrer combien l'humanité

Est grande dans les jours de la calamité ;

Oui, quand le roi du ciel a lancé son tonnerre,

Le pouvoir est égal pour elle sur la terre,

Lorsque par ses bienfaits elle en guérit les coups

Et triomphe à son tour du céleste courroux ;

Et l'Etre souverain, suspendant sa vengeance,

Aime à se voir ainsi vaincu dans sa puissance.

La patrie a parlé, son appel chaleureux

Fait déjà tressaillir tous les cœurs généreux,

Et chacun à l'envi, d'une main tributaire,

Va verser son bienfait dans l'urne humanitaire.

La croisade est ouverte ; on s'engage de cœur ;

On ne recule pas dans ce champ de l'honneur,

Pas plus qu'on ne ferait dans celui de la gloire,

S'il fallait remporter une noble victoire,
S'il fallait, par l'élan de l'intrépidité,
Subjuguer l'ennemi sur le sol dévasté.

Victimes du fléau, dans cette œuvre sublime,
Où la main des bienfaits va combler votre abîme,
Entendant vos soupirs, sensible à vos malheurs,
Ma muse vous devait son tribut de douleurs !
Qu'elle vole vers vous, rapide sur son aile ;
Qu'elle soit à vos yeux la colombe fidèle,
Qui, planant au-dessus de l'horrible fléau,
Vous porte de l'espoir le verdoyant rameau.

HIPPOLYTE DE LAFOREST.

www.ingramcontent.com/pod-product-compliance
Lightning Source LLC
Chambersburg PA
CBHW070815250626

47170CB00006B/2114